悪の組織の行き遅れ女幹部を孕ませオナホにする戦闘員性活

著 藤枝卓也
画 T-28
原作 Miel

ぷちぱら文庫

貴様らの性根をいまから徹底的に鍛え直してやる！
訓練を始めるぞ！
シャグラット幹部
ベリス

CONTENTS

悪の組織に忠誠を誓う女幹部。

爆乳ダイナマイトボディに加えて一見クールな管理職だが、実は脳筋＆性的にウブな行き遅れ干物女で、敵である美少女戦士ピュアメラにソコを煽られる。

プロローグ

この世界は腐っている。

持てる者と持てない者が明確に分けられ、生まれの時点でその後の人生がほぼ決まる。

そんな腐り果てたクソみたいな世界は新たな秩序で塗り替えられるべきだと考えた俺は、悪の組織シャグラットに加わった。

決して受験や就職に失敗して自棄を起こしたわけではない。断じて違う。

親ガチャ国ガチャ世代ガチャがすべての、やり直しのできない閉塞した世の中が悪いのだ。

この世界は革命を必要としている。

自分で結社を作るのではなく、既存の組織に属することを決めたのは、イチから団体を立ち上げる才覚を持ち合わせていないことを自認しているからだ。

そんな能力があるのなら、就活なんかしないで起業している。

何者にもなれない凡人は、『人物』が作り上げた組織に乗っかって革命を成し遂げるしかないのだ。

だが、何者にもなれない人間は、悪の組織に入ったところで、やはり何者にもなれないのだった。きっと異世界に転生転移したって同じことだったろう。

何者にもなれない俺は、今日も悪の組織の下っ端戦闘員として、同じく何者にもなれなかった下っ端戦闘員仲間とともに、シャグラットの世界征服を邪魔立てする正義の戦士たちと戦うのだった。

しかし悲しいかな。何者にもなれない人間がどれだけ束になったところで、選ばれし正義の戦士には敵わないのである。

無様に敗走した悪の組織の下っ端戦闘員を待ち受けているのは、上官からの厳しいお叱りだ。

「貴様たち！　なんだあの無様な戦い振りは！」

今日も我が隊のリーダー、シャグラットの幹部のひとりであるベリス様は、なんの成果も残せなかった俺たちにご立腹。

得物の鞭を振り回しながらの、説教タイムが始まる。

「たかが小娘ふたりに手も足も出ないとは！　情けない！」

正義の美少女戦士ピュアメラのふたり組を小娘呼ばわりするベリス様は、悪の組織の幹部に必ずひとりはいる、やたらと露出度の高い戦闘服を身に纏《まと》った、お色気むんむんのオバ――、お姉さま。

だがそのセクシーな出で立ちや美貌とは裏腹に、中身は脳筋そのもの。

「貴様たちがふがいないばかりに、作戦が台無しではないか！　我らを信頼して指令をお与え下さったボスに、これでは顔向けができん！」

そうはおっしゃるが、ベリス様が立案する実行計画は、いつだって作戦とは名ばかりの正面突破一本槍。

端的に言ってしまえば、ガーッと行ってドカンとやって大成功という、それだけの内容だ。

そんな計画で上手くいくはずもなく……。

毎度毎度、都合よく現れるピュアメラのふたり組に、あっという間にボコボコにされて敗走というのがお決まりのパターンになっていた。

今回は特に酷かった。

優秀な頭脳を排出するエリート学園を襲撃し、この国の将来を台無しにしてやるという目的自体はよかったのだが、国の重要研究施設も備えた機関なだけあって、警備は厳重を極め、正義の陣営だって当然マークしていた。

そんなところに真正面からガーッと行けば、ドカンとやられるのはこっちの側に決まっている。

でも我らが脳筋ベリス様は、正面突撃で上手くいくと信じて疑わないのだった。

なにしろ作戦の基準が、悪の組織で幹部にまで成り上がった、抜群の戦闘力を誇る自分自身なのだから。

　下っ端戦闘員がベリス様と同じ働きをする前提で立てられた作戦など、端から破綻しているのだ。

　もしも俺たちがベリス様と同じくらい強ければ、シャグラットの世界征服はあっという間に完了するだろう。

　だが生憎と俺たちは、弱っちいから下っ端戦闘員の地位に甘んじているのだ。

　悪の組織ほど実力主義の場所はない。

　実力のあるベリス様は、実力のある者たちと切磋琢磨して幹部の位まで上り詰めたので、できない者の気持ちが想像できないのだ。

　というか、できない者が存在しているということすら理解していない節まである。

「まったく、どうしてこんな簡単なことすらできない？　警備がなんだ！　ピュアメラがなんだ！　ぶちのめしてしまえばいい話ではないか！」

ほらね。

その『ぶちのめす』ができないから苦労しているというのに……。

無意味なお説教タイムの慰めは、ベリス様のエロいボディ。

俺たちを怒鳴り付けるたびに揺れ動く、ダイナミックな爆乳。

見れば見るほどそそられる。

悪の組織だけあってブラックな職場環境だけど、上官が女で本当によかった。

欲を言えば、もっと優しい女の人だったらな……。

「おいっ、貴様！　なにをにやけている！」

「えっ？　ぎ、ギーッ！」

鋭く睨まれた俺は、慌てて敬礼をする。『ギーッ！』の意味は分からないが、下っ端戦闘員はあらゆる場面においてそう叫ぶものと決まっているのだった。

「そんなふうにふぬけているから、あんな小娘相手に手こずるのだ！」

ベリス様は、アジトの訓練場に整列した戦闘員たちをぐるっと見回した。

「ようし。貴様らの性根をいまから徹底的に鍛え直してやる！　訓練を始めるぞ！」

「ギーッ！　ベリス様！」

戦闘員たちが震え上がりながら揃って返事をし、説教タイムはそのまま地獄のしごきへと移行する。

訓練のメニューもまた脳筋丸出しで、俺たちがベリス様に真正面からぶつかっていって、ぶん投げられるというしごく単純なものだった。

「さあ、どうした！　遠慮せずにかかってこい！」

単純ではあるが、パワーも技量も天地ほど違うベリス様に投げ飛ばされるのだから、下っ端戦闘員にはたまったものではない。

「たまには私の身体に触れてみせろ！　根性なしどもめ！」

そりゃあ、ベリス様のムチムチしたドスケベボディに、触れるものなら触ってみたい。でも全力で飛びかかっていった俺たちは、指の先すら届かぬうちに、むんずと掴まれ軽々放り投げられてしまう。

かくして訓練場は、ベリス様の怒声と、俺たちのうめき声で埋め尽くされるのだった。

「まったく、揃いも揃って不甲斐ないやつらだ」

床に伸びた俺たちを呆れ顔で眺め、ベリス様はやれやれとかぶりを振る。

「しょうがない。今日の訓練はこれくらいで勘弁しておいてやる。次の作戦では、今日よりマシな働きを見せるんだぞ！」

恐ろしいのは、一方的にボコられるだけの『訓練』で、俺たちが強くなると本気で思い込んでいるところだ。

力任せにぶん投げられるだけの訓練メニューでは、攻撃の前に受け身すら体得できない。

戦闘員たちはみんなそのことを分かっているのだが、おっかないベリス様に意見することなどできようもなく……。

そして俺たちもベリス様もなにも変わらないまま、次の作戦が始まるのだった。

第1話 ストレス全開！ 悪の組織はつらいよ

「はぁ～っはっはっはぁ～～っ！」

ベリス様のよく通る声が街中にこだまする。

「聴け愚民ども！　貴様たちにはこれより、シャグラットの忠実なしもべとなってもらう！」

今日俺たちは、街の憩いのスポットである、大きな公園に来ていた。

もちろん憩うためなどではない。

公園で呑気に憩う市民たちを捕らえて洗脳し、作戦の捨て駒として利用するという、世にも恐ろしい作戦を遂行するためだった。

「さあ行け、者ども！」

「ギーッ！」

ベリス様の号令で、俺たち戦闘員がお決まりの雄叫びを上げながら公園に突入する。

今回の作戦も正面突撃。方々から挟み撃ちにして一網打尽などといった知略は巡らさない。

なので俺たちは、散り散りに逃げる市民たちを追いかけて捕まえるのに大わらわとなる。

どうせやるなら住宅街のこぢんまりとした公園とかにしてもらいたかった。

一応出入り口は固めてあるが、公園を囲っているのは背の低いフェンスなので、それを乗り越えて人々はどんどん逃げてゆく。

そんなわけで、公園内に残されたのは、小さな子供と親子連れに、お年寄りばかりとなる。しもべ候補としてはいささか頼りないが、選り好みをしている場合ではない。大事なのは、作戦の成功である。今日こそ無意味な説教タイムと地獄のしごきを回避するのだ。

女子供にお年寄りが相手なら、特殊な訓練を積んでいない俺たち下っ端戦闘員でも、ほらこの通り。

「助けてピュアメラ！」

逃げ遅れて捕まった女児が、泣きながら叫ぶ。

「そこまでだ！」

女の子の悲鳴に応えるように、凛とした声が辺りに響き渡った。

「また性懲りもなく現れたな！　悪の手先たち！」

「罪のない人々の平和を脅かすのは許さない！」

いつの間にか現れたピュアメラのふたり組が、公園の真ん中にある背の高い時計の上に立っていた。

「ピュアピンク！」

「ピュアブルー！」

「「ふたりでピュアメラ‼」」

ピュアメラたちがポーズを決めると、人々が歓声を上げる。

「現れたな、ピュアメラ！」

ベリス様が忌々しそうにピュアメラのふたりを見据えた。

「お前たち、今日こそあいつらを倒すのだ！ 特訓の成果を見せてみろ！」

再びの号令に従い、俺たちはピュアメラに向かってゆく。

「ギーッ！」

ピュアメラたちを取り囲むようにフォーメーションを組んではいるが、俺たちにできるのは結局のところ正面突撃だけ。

それ以外の作戦は与えられていないし、それ以外のことができるように訓練もされていない。なんなら武器だって持たされちゃいない。

対するピュアメラは、使い魔だか妖精だか知らないが、ふたりにいつもくっついているぬいぐるみのような小動物から与えられたらしい、悪の組織の怪人たちと互角に渡り合える正義の力を持っている。

何者にもなれず、何物も与えられていない下っ端戦闘員の敵う相手ではない。

「相変わらず攻撃がワンパターンだね！」

ショートヘアの勝ち気なピュアブルーが戦闘員を蹴散らし、女の子を救出する。

「動きが見え見えですわよっ！　たぁーーっ！」

ピュアピンクがストレートのロングヘアをたなびかせながら、お淑やかな見た目とは裏腹に、大胆な蹴りを繰り出す。

「ギーッ!?」

ガーッと行った俺たちは、今回もまたあっという間に、ピュアメラたちにドカーンとやられてしまうのだった。

ピュアブルーが小首をかしげて苦笑する。

「私が言うのもなんだけど……、もうちょっと頭を使ったら？」

はい、ごもっとも。

「ぐぬぬ。ピュアメラ！　よくも私の部下たちをっ……！」

ベリス様は鞭の柄を握り締めながら地団駄を踏んだ。

またしても計画は総崩れ。いつもならここで撤退命令が下されるのだけど――。

「ほらほら、破廉恥オバさん。手下を拾ってさっさと帰りな。退却も結婚も、時期を逃すとあとが大変だよ～？」

「こらっ、失礼よピュアブルー。人を行き遅れみたいに言うなんて……。……ププッ」

「おっ、おのれ、小娘ぇ～っ!!　こうなったら、私が直々にお前たちを叩きのめしてやるっ！」

ピュアメラのふたりが挑発するものだから、延長戦にもつれ込んでしまった。

「望むところだ！　シャグラットの女幹部ベリス！」

「今日こそ決着を付けましょうっ！」

悪の力と正義の力の壮絶なぶつかり合いが始まる。

力のない俺たち戦闘員は、巻き添えを食らわないように一般市民ともども逃げ惑うほかない。

街の憩いスポットの公園は、計画の当初の目的とともに跡形もなく破壊された。

「いまよっ、ピュアブルー！」

「覚悟しろ、行き遅れオバさん！」

「「ピュアフラッシュ!!」」

ピュアメラの必殺技が炸裂した。

「ぐわあ～～～～っ……!!」

ベリス様の断末魔が轟《とどろ》く。

さしものベリス様も、一対二では不利だったらしい。

力だけなら誰にも負けないが、頭に血が上っていたせいで真正面突撃に拍車がかかっていたのも敗因のひとつだろう。

「べっ、ベリス様！」

「ベリス様をお守りしろ！」

「ギーッ！」

吹き飛ばされて飛んでくるベリス様を、俺たちは必死になって受け止める。

「こっ、これしきのことで……！」

力を使い果たしているのに、ベリス様はまだピュアメラに立ち向かおうとする。

「だ、ダメです、ベリス様っ！」

「ここは退きましょう！」

俺たちはベリス様をなだめながら、敗走を決め込む。

「はっ、離せ、貴様ら！　なんとしても、ピュアメラどもをっ……！」

「ダメですったら！」

「うわぁっ⁉　暴れないで下さいっ！」

「逃げるぞ！　煙幕だ、煙幕っ！」

ボカンという音がして、白煙が辺りを包む。

「あっ⁉　卑怯だぞ！」

「待ちなさいっ！」

視界を奪われたピュアメラたちがあたふたしている隙に、俺たちはその場からまんまと逃げおおせた。

這々の体でアジトまで引き上げたが、ベリス様はいつも以上にお冠《かんむり》。

まだ腹立ちが収まらない様子で、ぐったりとなって俺たちに抱えられながらも、うわごとのようにぶつぶつと恨みの言葉をつぶやき続けている。

力が回復したら、どれほどの怒りが爆発することか……。

恐れおののいた俺たち戦闘員はしばし責任を擦り付け合い、最終的にあの場で真っ先に撤退を呼びかけた俺が貧乏くじを引かされ、ベリス様を幹部用の私室まで送り届けることになってしまった。

いきなり暴れ出さないように祈りながら、ベリス様の豊満な身体を抱えてえっちらおっちら運び、部屋の中にあるソファに横たわらせて介抱する。

「うぅ……。またあの小娘どもに邪魔をされて……」

悔しそうにつぶやいたベリス様は、ギリギリと音を立てて歯ぎしりをした。

歯の擦れる音を間近で聞かされた俺は、自分がベリス様の歯で磨り潰されているような心地になって、背中が震えた。

本当にそうなる前に逃げ出そうと思い、そろそろとドアのほうに後退りを始めたとき――。

「それもこれも、お前たちが不甲斐ないからだっ！」

ベリス様はふいにソファの上に身を起こして、俺の顔を鋭く睨んだ。

「ぎっ、ギーッ！　申し訳ありませんっ！」

その場で飛び上がる勢いで、慌てて敬礼をする。

「くっ……。あ、あの小娘ども……。人を……、行き遅れのオバ……などと……。ちっ、違うのだ……。私の望みは……、シャグラットの世界征服のみ……。男にうつつを抜かしている暇などないだけだ！」

「は……はあ……」

どちらかというと、計画の失敗よりもそっちのほうを気にしているような……。

そりゃ確かに、美少女戦士のピュアメラに比べたら、大抵の女の人はオバさんに違いない。

でもベリス様は、そこまで悪くないというか——。

むしろ、いい……。

ベリス様の説教をいつものごとく聞き流しながら、俺は自分の手にじっと目を落とした。

さっきは恐怖ばかりが先に立っていたけど——。

今更のように手の平に蘇ってくる、ベリス様の肌と身体の感触……。

肌はムチムチ。身体はもっちり。柔らかさと弾力を思い出しただけでムラムラしてくる。

相手がベリス様でなかったら、我慢できずに押し倒していたかも……。

ああ本当に、性格がこんなでさえなければ——。

「おい！　聞いているのか⁉」

「は、はいっ！　ギーッ！」

妄想から現実に引き戻された俺は、急いで返事をする。

「とにかく、お前たちは鍛え直しが必要だ！　力が戻ったら、これまで以上に、徹底的に、しごき上げてやる！　覚悟しておけ!!」

ベリス様は立ち上がり、拳を握り締めながら力強く言った。

「えっ？　ぎ……、ギー……」

ベリス様の本気の眼差しを見て、目の前が真っ暗になった。

「どうした？　なんだその顔は」

「い、いえ……。その……。いままでよりも……厳しく……、ですか？」

「そうだ！　あんな小娘どもに、二度といいようにあしらわれぬように、これまでの何倍も訓練に訓練を重ねて、鍛え上げるのだ！」

「何倍も……、訓練を……」

それはまさに、死の宣告だった。

あんな訓練を何倍にもして、耐えられるのはベリス様くらいのもの……。

何度も言うが、俺たちは弱っちいから下っ端戦闘員なのだ。

もともと素養があったベリス様には、そんなことは分からない。

分からないからいまの訓練がああなわけだし……。

だからこの人は本気なのだ。

本気であの地獄の訓練を、何倍にもするつもりなのだ。

終わった……。俺の人生……。

何者にもなれないばかりか、世界が変わるところすら見届けらずにこの世とオサラバなんて……。

革命のほかにも、やりたいことはたくさんあった。

あったはずだ……。

例えば、そう。彼女とか――。

恋人を作って結婚して……。

世の中が変わって俺の時代がきた暁には、そういう普通の幸せを謳歌するのも悪くないかな……なんて、密かに夢想していたのだ。

でももうお終い。

過酷な訓練を何倍にも煮詰めた超過酷な訓練を、生き延びられる自信がない。

パワハラ女上司にしごかれ抜いて終わる俺の人生……。

どうせならもっと別のところをしごいて欲しかったというか――。

なにしろベリス様は、見た目だけならピカイチなわけだし……。

ああ死ぬ前にせめて、ベリス様のような飛び切りいいカラダをした女をこの手に抱いてみたかった……。

「…………おい……。なんだそれは……」

ベリス様の怒気を孕んだ低い声が聞こえた。

「え……？　それ……？」

妄想と走馬燈から我に返ってみると、俺の手は目の前に立っていたベリス様の胸に伸び、その豊かな乳房を服の上から鷲掴みにしていた。

指をわきわき動かすと、水風船のような柔らかさのおっぱいの感触がはっきりと……。

「なにをしているんだ……、貴様……」

ベリス様は静かに言った。

口元は引き攣《つ》って、額には血管がピキピキと浮き出ている。まさに爆発する寸前の水風船……。

「ここここ……これは……」

ヤバい、訓練で死ぬ前に殺される――！

顔がかあっと熱くなり、脳がフル回転する。俺の頭は必死に弁解の言葉を探した。

「ベリス様を、お慰めしようと！」

そうして俺がとっさに口走ったのは、そんなセリフだった。

「なに？」

ベリス様は怪訝《けげん》な表情を浮かべた。

怒りは少し削がれたようだったが、それで許してもらえるとは到底思えない。

もうあとには引けない。引いたら殺される！

「ベリス様のお悲しみは、元はと言えば、我々戦闘員のふがいない働きのせい！　ですから、ベリス様の傷付いたお身体を全力でお慰めするのは、部下の務めであります！」

俺はまくし立てながら、ベリス様に迫ってゆく。

「なっ、なにわけの分からんことを――！　おい、やめろ！　なにをするっ！」

いつになく慌てた声が聞こえ、俺の手はいとも簡単にベリス様を押し倒していた。

「ベリス様っ！　ベリス様っ！」

俺はその勢いのまま、ベリス様の身体にのしかかる。

さっきの言い訳を嘘にしないために、無我夢中でベリス様のムチムチのボディに手を回した。

「やめろっ！　触るなっ！　離れろっ！」

「イヤですっ！　俺はどうしても、ベリス様をお慰めしたいんです！」

「貴様ごときの慰めなど、要らん！」

俺を払い除けようとしてもがくうち、戦闘でダメージを受けていた服はみるみるはだけ、ベリス様の秘めやかな場所が露わになった。

「おおおっ――!?」

服の下から躍り出たベリス様の爆乳は、想像以上の迫力だった。

大きな膨らみが怒濤のように波打ちながら、俺の視界を覆い尽くす。

あまりにそそる光景に、興奮と情動が俺の全身を駆け巡った。

「べっ、ベリス様っ！　すぐに、お慰めしますっ！」

ぶち切れたベリス様に殺されるかも知れないという命の危機に瀕して、俺のイチモツはギンギンに勃起していた。

股間の疼きに突き動かされるように、俺は目の前の脂肪の球に手を伸ばす。

「あああっ!?　また、そんなふうに……！　や、やめろっ！　放せっ！　さもないと、本当に殺すぞっ！」

ベリス様はさっきから、声だけは威

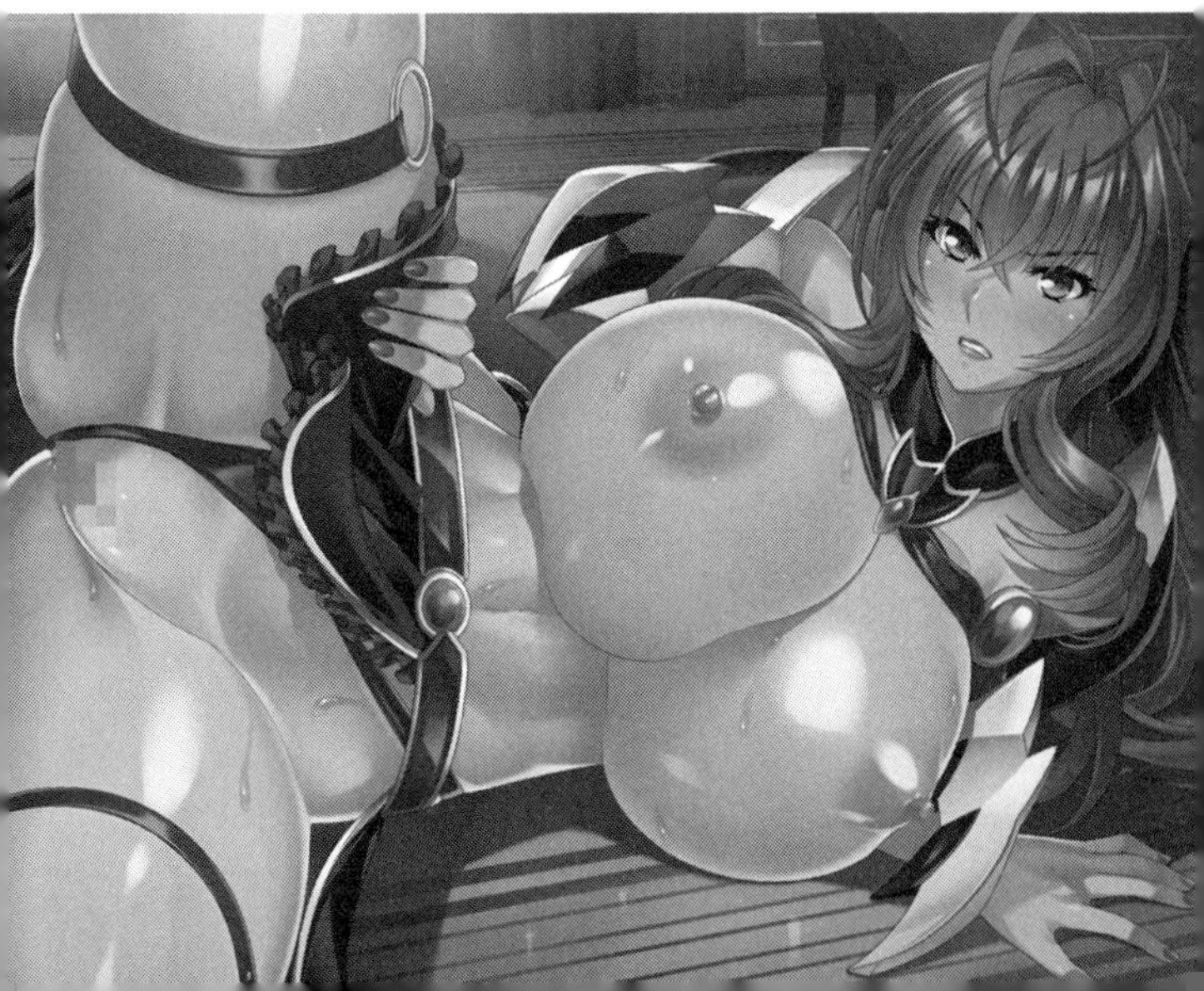

勢がいいが、一向に俺のことを振り払えない。

やはりピュアメラとの戦闘で力を使い果たして、普段の能力が発揮できないんだ――！

いまなら……、ヤれる！

ここまで怒らせたなら、どうせ許してはもらえない。

だったら、最後までやってやる――！

俺はベリス様の胸を掴んだ手に力を籠めた。

「ひゃあんっ――!?」

戸惑いとも驚きの声ともつかない、思いのほかかわいらしい悲鳴がこぼれた。

「やめろっ！　そんな、ところをっ、触るなっ……！　放せっ！　いますぐにっ！」

放せと言われて放せるわけがない。なにしろ引いたら、死あるのみだ。

俺は余計に力を籠めて、脂肪の塊を揉み上げる。

「あああ！　ベリス様！　すごいです！　こんな――。ベリス様のおっぱい、想像していたよりも何倍でかくて、柔らかいです！」

見ている間に、乳房の中に指が埋もれてゆく。

俺の手はまるで、広大な脂肪の海を泳いでいるかのようだった。

「すっ、すごいっ！　羽毛布団みたいだっ！　柔らかくて温かくて、ふわふわしていて……！　最高の触り心地ですっ！」

「ばっ、バカな……ことを……！　貴様にそんなふうに言われても、嬉しくなど――。……ああっ⁉　このっ！　やめろと言っている――。んんっ……、ひゃうっ……！」

悲鳴を上げるベリス様の顔は、耳まで真っ赤に染まっていた。

でも表情を伺うと、そうなっているのは怒りのためだけとは思えなかった。

「もしかして、感じてくれてますか⁉　ベリス様も気持ちいいでしょ！　いいですよね⁉」

「そんなわけ、あるか！　もうやめろっ！　――ああっ、揉むなっ！　その汚らしい手を退けろっ！」

「ひ、酷いっ！　俺はこうして、誠心誠意お慰めしようと思っているのに！」

言い返しながら、余計に胸を揉みたくる。なにを言われたって、どう脅されたって、もうやめる気はなかった。

どうせ死ぬなら、ベリス様の身体を思う存分味わい尽くしたい――！

「そんなこと、頼んでおらん！」

「でも、見て下さい！　ベリス様の乳首！　こんなに硬くなって……！　それに、身体も火照ってきてます！」

言葉にしてから気が付いた。

ベリス様の乳首は俺の股間のように硬く起き上がり、ぴんとそそり立っている。

その肢体はほのかに色付き、全身にじっとりと汗がにじんでいた。

ベリス様――、もしかして、本当に感じているのでは……?

ならば、ここが攻めどきだ!

「ベリス様っ! ベリス様っ! ああ、ベリス様っ!」

俺の手を飲み込みながら弾む巨大な肉布団をこね回しながら、片手を身体のほかの部分に這わせた。

汗ばんだお腹をなぞる手を、そのまま下半身のほうに持ってゆく。

下腹部をさあっと撫で下ろすと、張りのある太ももを優しくさする。

「あああっ……! きっ、気色の悪い……触り方を、するなっ……。ひゃうぅんっ……!?」

俺の腕の中でベリス様がぞくぞくと身悶えする。

感じているのか、本当に気持ち悪がっているのかは分からないが、その姿はますます俺の情欲を煽った。

「嬉しいです、ベリス様っ! 俺の手で感じてくれて!」

手付きを激しくし、ベリス様の身体のあちこちを愛撫してやる。

「やっ、やめないかっ――! ああ……、あんっ! はぅうんっ!? わっ、私は、感じてなど……、いない……。ひゃうっ!」

心なしか、ベリス様の声に色が交じってきた。

俺はだめ押しとばかりに、ベリス様の秘所に手を向かわせる。

「あぁっ!?　そこは……！　やめろぉっ――！」

ベリス様の制止の声など無視して、大事な場所を覆う布をずらし、指をねじ込んだ。

ぬちゅっ……と、粘つく感触を伴って、指先が熱い泉の中に沈んでゆく。

「あぁあっ！　ベリス様！」

俺は興奮のあまり大きな声を上げていた。

「なっ、なんだっ!?　なんでもいいから、その汚らわしい指を退かせっ！」

怒声を発するベリス様に、俺は夢中で言い返した。

「ベリス様のオマンコ、ぐちょぐちょに濡れてますっ！」

「ななな……!?　なにを言うかっ――！」

「ほら、聞こえますか!?　指で掻き回すと、こんなに音がしますよ！」

俺は激しく指を動かし、聞こえよがしに音を立てて割れ目の中をまさぐった。

「あぁああっ!?　やめっ――。ひぃぃんっ……!?」

悲鳴のような嬌声を上げて、ベリス様が総身をのたくらせる。

「かっ、感じてくれてるんですねっ!?　お慰めできて、嬉しいですっ！」

言い訳なんかどこへやら。俺はただ欲望の趣くままに、ベリス様の秘所を触り続けた。

愛液を掻き出しながらクレバスの底を撫で、蜜汁を絡めた指先で割れ目の端からぷっくりと起き上がった秘芯をこね回す。

「あ……あんっ！　あぁんっ……⁉　や、やめろっ！　そこを……、触るな……。あああっ、くぅっ……！　ひゃぁんっ！」

　ベリス様の口から、またしてもかわいらしい声が飛び出る。

「ここっ、ここがっ、感じるんですねっ⁉」

　止め処なく湧き出る愛液の流れを遡り、ヒク付きながら蜜を溢れさせる源泉に指先を埋める。

「や、やめないかっ！　それ以上は――。ゆっ、許さんぞっ！　……ん……はふぅっ……！」

　指で狭穴の入り口を押し広げてやると、ベリス様の足がヒクヒクと痙攣《けいれん》した。

「でっ、でもほら、ベリス様、挿れて欲しがってますよね？」

「そそ、そんなわけ……あるかっ！」

「だって、こんなに物欲しそうに――。あああっ⁉　ほらっ、俺の指を、パクパク食べてますっ！」

「ばっ、バカを言うなっ！」

「いいですよっ、ベリス様！　こうなったら、徹底的にお慰めしますっ！」

　言うなり俺はズボンを下ろし、ビンビンに起き上がった股間のものを取り出した。

「ひいっ⁉　なっ、なにをするつもりだっ！」

　やたらと慌てふためくベリス様を不思議に思いながらも、俺は疼く股間を寄せてゆく。

敏感な棒の先は、すぐに愛液の泉の中に潜り込んでいった。

「あああっ⁉ やめろっ、気持ち悪いっ！ そいつを、退かせっ！」

「ま、待ってて下さいっ！ いま、気持ちよくして差し上げますっ！」

もがくベリス様の足をしっかりと掴んで股間を広げ、ひと思いに腰を突き出した。

「やっ、やめろっ！ ああああっ⁉ あぐぅぅっ……！」

ベリス様のくぐもった呻き声が聞こえたと思ったら、身体がぐっと前に進んだ。

なにかを掻き分ける感触と、猛烈な熱が股間の先から伝わってくる。

「あああぁっ――⁉ 入りましたよっ！ ベリス様！」

興奮に震えながら、俺はぐいぐいと腰を押し出す。

「ぐぅっ！ やめろっ！ くるなぁっ……！ あああっ、いぐぅっ……⁉」

ベリス様はわめきながらもがきたくるも、俺を弾き飛ばすことはできなかった。

「ベリス様っ！ すごいですっ！ ベリス様のナカ、ぬるぬるして……。あああっ⁉ オマンコの肉が、俺のに絡み付いてきますっ！」

「う、うるさいっ！ 早く抜け！ そんなものっ！ ぐぅぅっ……！」

「どうしてですかっ⁉ だってベリス様のここは、こんなに喜んでますよっ！ こんなに濡れて――」

そう言いながら、繋がり合った部分に視線を落とした俺は、目を疑った。

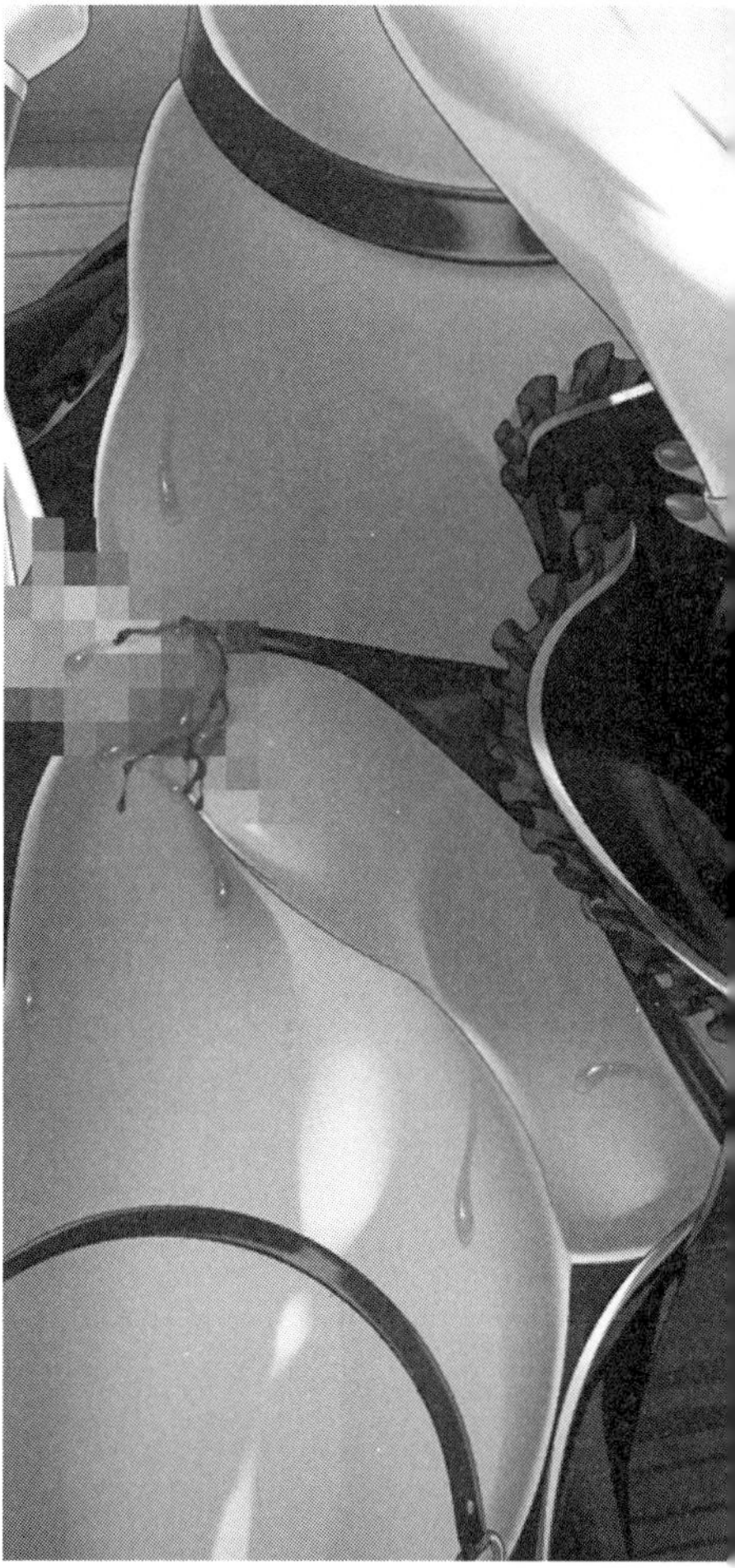

いきり勃った俺のものを咥え込んだ牝穴からは、愛の液体といっしょに、赤いものがこぼれ出ていた。

「ま、まさか……、ベリス様……。しょ、処女だったんですか……？」

俺は今更のように、おずおずと尋ねた。

「わっ、悪いかっ！　くうぅっ。このぉ……。貴様ごときが、よくも私の……。ううぅ……」

ベリス様は涙ぐみながら俺を睨んだ。

でもやはり、普段ほどの凄みはない。

「悪くなんかないですっ！　光栄ですっ、ベリス様っ！」

「な、なにぃ？」

「いつもあんなにお強くてかっこいいベリス様が処女だったなんて――！　意外ですっ！

なんていうか、すごく……かわいいですっ！」

「かっ――⁉」

ベリス様の顔が、さっきよりもさらに赤くなった。

「バカにしているのか、貴様！」

「とんでもないですっ！　本心です！　ベリス様の意外な一面が見られて、俺はすごく嬉しいです！　それに、とっても興奮します！」

「なな、なにを言ってるんだ、貴様はぁっ！」

俺自身も、もうなにを言っているのか分からなくなっていた。

ただただ興奮に背中を押されて、俺は腰を動かし続ける。

「うくぅっ……⁉　ああぁっ、やめろっ！　動くなっ！　早く……、そいつを抜けっ！」

「そんなこと、言ったって――！　ベリス様のナカが、すごく気持ちいいんですっ！」

「は……、はあっ⁉」

「それに、ベリス様のここが、俺のチンポにしがみついて、放してくれませんっ！ ほらっ、こんなふうにっ！」

せかせかと腰を振るい、ベリス様の処女地を掻き回す。

まだ開通したばかりの狭穴は、すぐさま元の大きさに戻ろうとして、肉の棒にぴったりと吸い付いてきた。

「くぅっ……。や、やめろと……言っている……。うぅっ！ なんだ、これは……。大きなものが、入ってる……。あくぅぅっ……。きっ、気持ち悪いっ！」

いまにも吐きそうな顔をして、ベリス様は俺のものが収まった自分の下半身に目をやった。

「俺のチンポを感じて下さってるんですね!? 嬉しいです、ベリス様！ もっともっと、感じて下さいっ！」

腰を振りたくりながら、ベリス様の肉乳を揉みしだく。

「あああっ!? やめないかっ！ 放せっ！ 感じてなど、いないと……言っている……。

――ひゃあぁんっ……！」

ベリス様が刺激に喘いで身体をのたくらせると、竿に絡み付いた膣肉に股間のものが引っ張られる。

「おおおっ、すごいっ！ ベリス様のオマンコが、チンポをしごいてますっ！」

柔肉のあいだで、俺自身が嬉しそうに跳ね動いた。

「んひぃんっ……⁉　やめろっ！　そいつを、動かすなっ！　ぐぅ……。腹の中で……、脈打ってる……。不気味なそれを、早く抜けっ！　命令だっ！」

「い、いいんですかっ⁉　本当に抜いちゃって！」

「なにっ⁉　どういう意味だっ！」

ベリス様は混乱した様子で聞き返した。

「だってベリス様のここ、まだまだ欲しいって言ってます！　こんなにたくさんよだれを垂らして――！」

俺は素早く腰を振って、卑猥な水音を立ててみせた。

「ああっ、ほら、どんどん濡れてきますっ！」

愛液と破瓜の血液でどろどろになった秘孔は、俺のものを飲み込みながら竿全体を舐め回すようにうねうね蠢《うごめ》く。

「くおぉっ⁉　掻き回すなっ！　……ああっ、あんっ⁉　奥まで……響くっ！　ふぁ……。ああんっ⁉」

「ベリス様のここ、すごく気持ちよさそうにうねってます！　それに、ベリス様だって、さっきから気持ちよさそうな声、上げてるじゃないですかっ！　下の口も、俺のものをしっかり咥え込んで離さないしっ！　ナカも本気汁でぬるぬるですよ！」

「そっ、それは――。あ、あんっ⁉　くぅっ。や、やめ……。ああっ！　あぁんっ⁉　やめろっ……！　あぁ～～っ！」

「やめませんっ！　やめられませんっ！　だって、ベリス様の身体が、すごく魅力的で、気持ちよくて——。腰の動きが、止まらないんですっ！」

それは本当のことだった。

初めて味わうセックスの快楽と興奮に包まれ、俺は夢中になって腰を動かしていた。

「ベリス様っ！　ベリス様っ！　もっと、感じて下さいっ！」

「あああっ！　やめっ、やめろっ……！　あんっ⁉　ひぃっ！　くぅっ……、おおっ！　ひっ、響くっ……！　腹の……奥にっ……。んんっ……、太いのが……、ずんずんくるっ！　あ……、あぁんっ⁉　あはぁんっ！」

「ベリス様っ！　声も素敵ですっ！　もっとかわいらしい喘ぎ声を聞かせて下さいっ！」

「きっ、貴様っ！　またかわいいなどとっ！」

「だって、本当のことですから！」

言いながら、股間のものを大きなストロークで深々と肉穴の中に叩き込んでやる。

「ああ～～っ⁉　ぐうぅっ！　熱いのが……、奥……まで……。あああっ！　やめろっ！　そんなに……、突くなっ！」

「ああっ！　悶える姿もかわいいですっ！　ベリス様っ！」

「くっ、屈辱だっ！　貴様ごときに、かわいいなどとっ！」

「かわいいから、かわいいんですっ！」

言い返すと、小刻みの腰付きでトンネルの奥を執拗に突き上げた。

「あぁんっ!? あぁっ、そこっ！ くぅっ！ や、やめ……。あああっ、あんっ!? そんなに……されたら、おかしくなるっ！ ああ～～んっ……！」

悶えるベリス様の口から、うっとりとした嬌声が漏れる。

「いっ、いまの、すごく色っぽかったですっ！ かわいいだけじゃなくて、色っぽくて、きれいで――。俺、ますます興奮してきましたっ！」

「あああ、やめろっ！ 激しく……するなっ！ ほ、ほんとに、おかしくなるっ！ ああ……ぐぅっ……。あはぁんっ……!?」

甲高い声を上げ、ベリス様はビクッと身体を跳ね上げた。

「どうしました!? もしかして、軽くイッちゃいました？」

「そ、そんなこと……、あるものかっ！ うぅっ。くぅっ……」

否定の言葉を吐きながら、俺から視線を背ける。

「ああっ、そうなんですねっ!? う、嬉しいですっ！ お慰めできてっ！」

「わっ、私は……、これっぽっちも……嬉しくなどないっ！」

「でしたら、喜んでいただけるまで、誠心誠意ご奉仕しますっ！」

「な、なにっ――!? ああああっ!!」

俺はますます激しい勢いで腰を振りたくった。

剛棒が肉ヒダを引っ掻き、太いもので押し出された愛液が、卑猥な音を立てて互いの下腹部に飛び散る。

「あはんっ⁉ ああっ、やめろっ！ あぁ～～んっ！ もういいっ！ んんくぅっ……。はぁ……。あああんっ⁉ あああ……、そこ……。くうぅっ……。あぁんっ……！ はぁ～～んっ！」

ベリス様はいまや、憚《はばか》らずに悦びの声を上げていた。

「ベリス様、すごく気持ちよさそうですっ！ もっと、俺のチンポで感じて下さいっ！」

「そ、そんな――。ぐぅ……、やめろっ！ あんっ⁉ あはぁんっ！ ああっ、ダメ……。んくぅ～～っ！」

感じていることを自覚した途端、ベリス様の顔が牝のそれへと変貌する。

いまや性の快楽に溺れるひとりの女と化した上司に向けて、俺はこれでもかと股間の欲棒を叩き込んだ。

「あぁんっ！ ダメぇっ！ おっ、おかしく……なる……。また……。ああああっ！ はぁんっ⁉」

俺のものを収めた下半身に力を籠めながら、ベリス様が悶える。

締め付けの増した秘肉が、愛液を纏《まと》ったヒダで敏感な棒をぬるぬる舐め回した。

「おおおっ！　俺もっ、おかしくなりそうですっ！　もうっ、破裂しそうですっ！」

叫ぶように言って、爆発寸前のイチモツを肉洞の最深部まで押し込んだ。

「あああっ⁉　よせっ、出すなっ！」

なにが起こるかを察したベリス様が慌てた声で言い、じたばたともがいて俺のものから逃れようとした。

すぼまった膣口がいきり勃ちを搾り上げ、痺れるような快感が股間に広がる。

「うおおおっ⁉　でっ、出るぅっ……！」

ガクガクガクッと腰が痙攣し、身体の奥から込み上げてきた欲望の液体がベリス様の膣内に噴き上がった。

「あああっ⁉　熱いっ！　でっ、出てるっ？　ううぅっ。ナカに……、あああっ、入ってくるっ……！」

ベリス様は愕然となって下半身を見詰めた。

「くううぅっ！　ベリス様っ！　止まらないっ！」

ビクンビクンと腰が振れるたび、熱い塊が尿道口を引っ掻きながら飛び出してゆくのを感じる。

「あぁんっ⁉　ひゃうっ――！　こっ、これ以上、出すなっ！　突くなっ！」

「むっ、無理ですっ！　止まりませんっ！　ベリス様のオマンコ、気持ちよすぎですっ！」

たったいま撒き散らされたもので滑りのよくなった肉穴を、膨れた剛棒がさらに掻き回す。

「はぁ～～んっ⁉ おかしくなるっ！ あああっ、ダメっ！ んくっ……。ふぁ……。あぁぐぅっっ‼」

「あああぁっ、ベリス様っ！ また、出ますっ！ ナカにたっぷり、入れさせて下さいっ！」

なおも脈打ち続けるイチモツを、絶頂の衝撃にうねる膣壁に擦り付ける。

「よせっ！ ああああっ⁉ くるなっ！ ふあああっ⁉ あああ～～～～んっっ…………‼」

熱い迸《ほとばし》りが膣の奥に再び注がれたとき、ベリス様は高らかに悦びの声を上げ、全身を打ち震わせた。

胎内に収まりきらなかった白濁が、愛液や破瓜の血液と混ざり合いながら、挿入された肉棒との隙間から溢れ出てくる。

「うぅ……。ぐぅ……。おっ、おのれ……。よくも……、こんな……」

絶頂の余韻に身体を震わせるベリス様は、涙ぐんだ目で俺を睨んだ。

「うっ、嬉しいですっ、俺！」

俺は急いで口にした。

「ベリス様をお慰めできて、とても光栄ですっ！ 初めてのセックスなのに、あんなに感じてくれて……。しかも、イクほど気持ちよくなってもらえるなんて！ 俺はすごく嬉しいですっ！」

「なっ⁉　わっ、私は、イッてなど――。き、貴様ごとき、下っ端戦闘員のチンポで、この私が感じて……、あまつさえ、イクなどと……。そ、そんなこと、あるわけないだろう！　こっ、この私が……。女の悦びに溺れるなどと、そのようなこと――。あ……、あぁんっ⁉」

あたふたと否定の言葉をまくし立てるベリス様だったが、俺が少し腰を動かして、まだ胎内に収まったままの肉棒で膣口を引っ掻いてやると、途端にかわいらしい嬌声を上げるのだった。

「ほら。感じてるじゃないですか」

「くっ……。みっ、認めん……。そんなこと……」

「だったら、認めていただけるまで、続けますっ！」

俺は言って、ベリス様の身体を抱き寄せる。

「なっ、なんでそこまでするのだ！　貴様はっ……！」

膣内に深々と潜り込んでいった剛棒の刺激に身体をヒク付かせながら、ベリス様は慌てた素振りで訊いた。

「言ったじゃないですか！　ベリス様をお慰めしたいって！」

なにより俺は、ベリス様の身体と、セックスの快楽を、もっと味わいたかった。

「あああっ⁉　やめ……。んくっ……。ふあぁっ！　あぁんっ⁉　動くなっ！　あはぁんっ……⁉」

拒もうとしたベリス様だったが、俺が律動を再開させると、すぐに艶っぽい声を上げ始めた。

俺の興奮は一向に冷めず、激しく腰を振りたくっては快感の液体を何度となくベリス様の胎内に注ぎ入れ、そのたびに絶頂させてやった。

「……はぁ……。ああ……。なんで……こんな……。うぅ……。貴様……、ごときに……。あぁ……。あんっ……」

膝の上にまたがって両足を俺の腰に絡めながら自分からも下半身を揺すり、ベリス様は快楽に喘ぐ。

「くうぅ……。おっ、おかしい……。身体が……。あぁ……、どうして……ひとりでに……。んん……ふぅ……」

こんな格好をしている時点で俺のものを受け入れていることは明らかなのに、まだ認めようとはしない。

俺はとどめとばかりに股間を突き上げ、ベリス様の感じる穴をえぐる。

「ベリス様っ！ ベリス様のオマンコ、俺のチンポにしがみついてきますっ！ ほら、こんなに擦れて――！」

「あああっ！ はぁんっ!? やめろっ、そんなふうに……、掻き回すなっ！ うぅ……。くうっ……。あぁ～～んっ！」

ガクガクと下半身を痙攣させ、ベリス様は気持ちよさそうな声を上げた。

「ベリス様の腰遣いがお上手だから、勝手に動いてしまうんですっ！　あああっ、オマンコに吸われるぅっ……！」

わざとらしく叫びつつ、激しいピストンでベリス様の膣肉を突き回した。

「おおっ!?　ぐぅっ、ああっ！　また……、奥をっ——！　あああっ……あんっ!?　あはぁんっ！」

ベリス様が背中を反らせて喘ぐと、膣の締め付けが増して、肉壁のヒダで敏感な棒がしたたかしごかれる。

「ああ、すごいですっ、ベリス様っ！　ナカがうねって、チンポを舐め回してるっ！　おっ、俺っ、また出ちゃいますっ！」

「やっ、やめろっ！　これ以上……、されたら……。はぁぁあんっ!?」

俺は制止の声を無視して、射精に向けた抽送を再開させた。

「あんっ!?　あぁんっ！　はんっ……！　激しいっ……！　あああっ、ダメっ！　おっ、おかしくなるっ……。また……。あああっ！　奥を……、突くなっ！　はぁんっ!?」

抗う素振りを見せながら、ベリス様も腰を揺する動きを速めた。

力強く擦れ合う粘膜が、ぬちょぬちょと卑猥な水音を部屋に響かせる。

肉と肉のぶつかり合う音も聞こえ、興奮をさらに掻き立てた。

「気持ちいいですっ、ベリス様っ！　あんなにイッたのに、オマンコがちっとも緩んでなくて――。さすがですっ、ベリス様っ！」

「ううぅっ……。そんなことで、褒められても……、嬉しくなど……。――あ……、はぁんっ⁉　あぁんっ……！」

おとがいを突き出して甲高い声を上げ、ベリス様が身体をビクビクッとのたくらせた。

「いま、イキましたよねっ、ベリス様っ⁉　俺のチンポで何度もイッてくれて、嬉しいですっ！」

「くぅっ……。そ、そんなこと……、ない……。誰が、貴様ごときの……」

ヒクヒクと小さく身震いしながら、ベリス様は否定の言葉を吐く。

「ダメでしたかっ⁉　だったら、もっと力を籠めて、ご奉仕しますっ！」

「あああっ⁉　やめろっ！　あんっ⁉　ああっ、はぁんっ！　あひんっ――⁉　太いの……、奥……。あああっ！　ダメぇっ‼」

繰り返し奥を突かれたベリス様は、切なげな声を上げてよがった。

快楽に蕩けたその顔は、無性にかわいらしくて――。

俺は気付いたら、憎たらしいパワハラ上司の唇を奪っていた。

「んっ――⁉　むぐっ……！　ぷはっ！　なっ、なにをする、貴様っ！」

慌てた声を上げるベリス様が、また愛おしく思えた。

「ベリス様が、あまりに魅力的だったので、つい」

「ななな、なんだとっ――!?」

「俺、知りませんでした！　ベリス様がこんなにエッチで、かわいくて、魅力的だったなんて！」

言いながら、再び唇を重ねる。

「んむっ……！　んんっ……、むぅ……。んん～～～～っっ……!?」

ベリス様の唇は、その肉体のようにムッチリしていて、温かくて、柔らかかった。

「んむっ！　ああっ……、あんっ……？　んんっ……、むぐぅ……」

唇で繋がり合いながら敏感な粘膜を擦り合わせると、さらなる興奮と快感が広がった。

思えば俺は、キスも未経験だった。

いろんな初めての悦びと快楽を全身で噛み締めながら、俺は抽送を激しくしてゆく。

「ぷはっ！　あぁんっ!?　貴様っ、私に……こんな……。あああぁっ！　あんっ!?　んっ、ちゅ……。はむっ……。んんんっ……。なんだ……、この感覚は……。ああっ、また……、おかしくなるっ！　はふっ、ちゅ……。んむぅっ……！」

驚いたことに、今度はベリス様のほうから俺に口付けをし、おまけに舌まで絡めてきた。

舌同士がぬるぬると擦り合わされると、くすぐったい快感が背中をぞくぞく駆け下りていって、股間のイチモツがビンビンに反応する。

「んむぅっ――⁉　ぷはっ、ああっ⁉　はぁ～～んっ⁉　貴様のっ、また……、大きく……。あああっ、溢れるっ⁉　私の……、ナカがっ！　んんんっ。ああ、あんっ……！　あぁんっ……！」

声を上げながら、ベリス様は腰の動きをいっそう大きくした。

「あああっ、ベリス様っ！　激しいですっ！　くぅっ――。チンポが、しごかれるっ！」

「きっ、貴様が、あんなことをするからっ……！　ふぁ……、あんっ⁉　はぁんっ……！　おっ、おかしくなったのだっ！　くぅっ……。ふぁぁっ……！　こっ、この責任はっ……、取ってもらう……からなっ！　覚悟……、しておけっ！　……んん……ちゅ……。はふっ……。んんっ……」

怒りの言葉を口にしつつ、ベリス様はさらに行為を加速させてゆく。

「はむ……ちゅ……。ああっ、あんっ……？　ふぁぁ……。いい……。感じるぞっ……。くぅ……。ああ……、はんっ……。んんっ、ちゅぱ……。はふっ……」

遂に感じていることを認め、女の悦びを受け入れたベリス様は、夢中になって俺の舌と、チンポを貪ってきた。

俺たちは互いの身体を抱き締め合いながら、激しく繋がった。

ベリス様の舌が、押し付けられた乳房が、絡み付いてくる膣肉が、俺の官能を刺激し、股間のものをいきり立たせる。

俺も負けじと、ガチガチに勃起した剛直を突き上げ、胎内のあらゆる場所をまさぐってやりながら、舌で口内を責め立てた。

「んちゅ……、ふはっ……。ああ……、すごいっ！　うぅ……。貴様の……。あああっ、はぁんっ⁉　んんっ、はむっ！　んうぅっ……。ああ……、まっ、また……、おかしくなる……。いっ、イッて……、しまうっ！」

言うと同時に、ベリス様は下半身に力を籠めた。

敏感な棒をしごき上げる力が強まり、痺れるような感覚が俺の股間に響き渡る。

「くうぅっ――！　おっ、俺もっ、イキますっ！　ベリス様っ！」

目の前が白くなるほどの快感に頭がくらくらするのを感じながら、無我夢中で叫んだ。

「こいっ――‼」

ベリス様も声を上げ、膣をさらに引き絞る。

そうしてそのまま、とどめとばかりに腰を揺すりたくった。

「ああああっ――、ベリス様っ‼」

股間のイチモツがもげるかと思うくらいの激しい律動だった。

「あぁんっ⁉　ああっ、いいぞっ！　くぅっ……！　貴様のチンポがっ、奥を……、叩いておるっ！　くうぅっ！　響くぞっ！　かっ、感じるっ！　ああ……、あんっ！　気持ちいいっ――！　あはぁんっっ……！」

ベリス様の口から、遂に『気持ちいい』という言葉が飛び出した。

それを耳にした途端、えも言われぬ喜びが俺の中に湧き起こり、股間のものがさらに奮い立った。

「ベリス様っ！　嬉しいですっ！　もっと……感じて下さいっ！」

力を振り絞って股間を持ち上げ、愛の液体に満たされたベリス様の膣内に快感を送り込む。

「おおおおっ、奥っ――――！　いちばん奥……、感じるっ！　ふあああっ⁉　あんっ！　あはぁ～～んっ！　もっとぉっ……！」

乱れ狂うベリス様の腰付きが、俺自身をしたたかしごき上げた。

「くうぅっ⁉　出ますっ！　ベリス様っっ……‼」

女上司の胎内で、俺自身が限界を告げるように脈打った。

「こいっ！　熱いのをっ、私の中に、ぜんぶ出せっっ‼」

ベリス様の膣がぎゅうっと引き絞られる。

吸い付いてきた膣壁の熱を身体の先で感じるや、俺の欲望が弾けた。

「あああぁ～～～っっ⁉　きてるっ！　熱いのっ……、ドピュドピュ出てるっ‼」

激しい水音が聞こえてきそうな勢いで、大量の迸りがベリス様の膣内に注がれる。

「貴様のっ――――！　精液がっ……！　あああっ！　奥にびちゃびちゃとぉっ……‼　はぁんっ⁉　溢れるぅっ‼」

まだ腰を振り続けるベリス様の秘孔から、白濁した液体が淫らな音を発しながら噴き出た。

「おおおおっ、イクっ――――！　イクぅ～～～～っっ‼」

憚らずに声を上げると、ベリス様は激しく総身を打ち震わせて、絶頂の悦びに悶えた。

「んくぅっ……！　まだ……出てるっ……。ああああっ！　あんっ……⁉　貴様の……、おチンポ……、ナカで……動いて……。あぁぁ……、くぅっ……！」

あまりにすさまじい射精の衝撃に、俺の腰は精液を出し尽くしてもなお、動きを止めてくれない。

ぬるぬると纏わり付く膣肉に吸われるように、俺のイチモツはまだ、ベリス様の胎内でビュクビュクと痙攣していた。

「……はぁ……。ふあぁ……。熱いドロドロ……、気持ちいい……。んん……ちゅ……。はむっ……」

快楽の余韻に浸りながら、ベリス様は唇を重ねてくる。

「んん……。お、俺も……、気持ちよかったです……」

恍惚となる中で、俺もベリス様の舌に自分のそれを絡めた。

「うっ、うるさい……。下級戦闘員の……分際で……。ちゅぱっ……。はふっ……。身の程を……、わきまえろ……。はぁふ……。んんっ……」

快感に蕩けた顔で、ベリス様は俺と繋がり続ける。

そんな姿を間近で見ていると、興奮と、おかしな感情が俺の中に再び湧き起こり、しぼみかけた股間のものが勢いを取り戻す。

「あんっ……。んっ……。貴様の……、また……。ふあぁぁんっ……！　んっ……ちゅ……、むちゅっ……」

「す、すみません。ベリス様……。ベリス様が、あんまり色っぽくて……」

「くっ……。また、そのようなことを……、上官に対して……」

そう言いつつベリス様は、俺を睨むのではなく、照れたように視線を背けた。

「ほ、本来なら……、極刑に処してやる……ところだが……。こっ、今回だけは……、許してやる」

「ベリス様……」

そうだった……。俺は、殺される覚悟でベリス様にこんなことを――。

「こっ、今回だけだなんて、イヤですっ！」

考える前に、口が動いた。

「お慕いしています、ベリス様っ！　だから、今回だけだなんて、言わないで下さいっ！」

生き延びられたという喜びで舞い上がっていたのか、俺は気付けばそんなことを言い放っていた。

「な、なんだと……？」

ベリス様が怪訝な表情を浮かべたのは一瞬だった。すぐにまた、照れたような顔をして、ぷいっとそっぽを向く。

その仕草がたまらなくかわいく思え、俺は知らずに抽送を繰り出していた。

「あ、あんっ……？　きっ、貴様——。節操のない……。……んっ……、ああ……。あんっ……。ダメっ……。はぁんっ……！」

ベリス様もすぐに腰を使い出し、俺たちはそのまま、朝になるまで快楽を貪り続けた。

第2話 みんなにはナイショ！ ドッキドキの特別訓練！

「どうした貴様ら！　これくらいでへばっていては、いつまで経ってもピュアメラを倒せないぞ！」

今日も今日とて、俺たちが一方的にボコボコにされるだけの訓練は続く。

でも幸いなことに、昨日ベリス様がやると宣言していたような、いままでの何倍も厳しい訓練というほどではなかった。

それでも、いつもより厳しいことに違いはなく――。

「さあ、もう一度、かかってこい！　せめて一撃くらい浴びせてみせろ！」

「ギーッ！」

飛びかかっていった俺たちはまとめて吹き飛ばされ、何人かが医務室送りになったところで本日の訓練は終わった。

今日のベリス様はいつにも増して荒々しかったと戦闘員同士で話し合いが始まり、前日ベリス様を部屋まで送り届けた俺に質問が飛んでくる。

もちろん、昨夜のことを有り体に話せるわけがない。

いつも通りに怒っていたと、無難な答えを返しておいた。

「怒ってたのかな……?」

医務室に運ばれていった顔見知りの様子を見に行こうか迷いつつ訓練場を出て、通路を歩きながら自分がさっき口にした言葉を思い返す。

あんなことをされて怒らないはずはない……と思うのだけど……。

不思議なことに、あれから一切のお咎めはなし。

さっきの訓練のときだって、ベリス様は俺とろくに目を合わせることもしなかった。

今回だけは許してやると言ったのは、嘘ではなかったのか――。

はたまた、誰も見ていないところで密かに制裁を加えるつもりでいるのか……。

体面やらを考えたら、後者のほうがあり得そうに思える。

くれぐれも、ベリス様とふたりきり……なんて事態は避けなければ……。

などと心に決めた矢先――。

「むっ。貴様か……」

「ぎ……? ギーッ! ベリス様! シャグラットに栄光あれ!」

ばったりと出くわしてしまった。

ベリス様は辺りに目を配って誰もいないことを確認すると、敬礼の姿勢を取っている俺をまじまじと見てくる。

これは……、処される――。

覚悟を決めたときだった。

「うむ……。そ、その……、今日は、訓練に少し気合いが入りすぎてしまったというか……」

「は……？　はぁ……」

いきなりよく分からない話が始まった。

「つまり……、なんだ……。貴様は……、けっ、怪我など……していないか……？」

「えっ？」

聞き間違いかと思った。

ぽかんとなって返事もせずに突っ立っていると、

「どうしたっ？　どこか痛いのか⁉」

ベリス様は慌てたように俺の身体のあちこちを見回した。

「いっ、いえ……。ベリス様に心配していただけたのが、意外――、じゃなくて、光栄で、言葉が見付からず……」

「べっ、べつに私は、心配などしておらぬ。どうして私が、貴様のような下っ端のことなど……」

少し頬を赤らめながら言い、ぷいっとそっぽを向いた。

その様子はまるで、恋する乙女のよう。

無性にかわいく思えて、つい口元が綻んでしまう。

「な、なんだ、そのにやけ顔は」

「いえ。照れてるベリス様が、あんまりかわいくて……」

つい思ったことをそのまま口にしてしまった。

「ななな、なんだとっ⁉　きっ、貴様は、またしても、かわいいなどと……」

顔を真っ赤にして、あたふたするベリス様。

そんなふうにされたら、どうしたって昨夜のあれやこれやを思い出してしまう。

そうなるといきおい、身体の奥からムラムラが込み上げてきて――。

「ああ、ベリス様っ。本当にかわいいですっ。俺、もう我慢できませんっ！」

言うなりベリス様の手を掴んだ。

「なっ、なにをするっ⁉」

「こっちです！　ベリス様！」

俺は股間の疼きに引っ張られるようにして、ベリス様の手を取ったまま、人気のないほうに向けて通路を歩いていった。

そして、鍵の開いていた倉庫のひとつにベリス様を押し込む。

「ベリス様っ！」

薄暗い部屋の中に入るや、ギンギンに隆起した股間をベリス様の下半身に押し付けた。

「ひゃあっ……!? きき、貴様っ、なにをっ――――！ あああっ!? はっ、離れろっ……！」

顔を真っ赤にしながら抵抗する素振りを見せるベリス様だったが、昨夜と違って力は完全に回復しているというのに、俺の手が服にかけられても振り払おうとはしなかった。

俺はその勢いのまま、剥き出しにしたベリス様の秘所に、後ろから股間のそそり勃ちを突き立てた。

「あんっ――――!? ああ～～～っ……！」

ぴっちりと閉じた膣肉を掻き分けて、俺自身がベリス様の胎内に深々と食い込んでゆく。

「くうぅっ……！ いっ、いきなり……、挿れおって……。あああぁっ！ なにを、考えておるっ！ くふぅっ……。んんっ……あぁんっ……!?」

ぞくぞくと身体を震わせながら、ベリス様は肩越しに振り返って俺を睨んだ。

「こんなところを……誰かに見られたら……。ボスに知られたら……。うぅ……。ただでさえ、作戦が失敗続きだというのに！ 女の……快楽に溺れて……、任務が疎かになったなどと……思われたら……、私はっ……。んふぅっ……。おっ、おいっ！ 聞いているのかっ!? さっさとそれを抜けっ！ ――あっ……？ うっ、動かすなっ！ はふ……。ああ～～んっ……！」

俺が腰を揺すって硬い棒を膣壁に擦り付けると、柔肉はすぐに愛液をにじませてトンネルの中を潤した。

「ベリス様が俺を誘ったんじゃないですか！　あんな顔をして！」

「ばっ、バカを言うなっ！　そんなこと、あるものか！」

「でも、ベリス様のオマンコ、もうぐぢょぐぢょですっ！　俺のチンポをぎゅうぎゅう締め付けて、放さないじゃないですかっ！　これって、こうされるのを期待してたってことですよねっ⁉」

「ぐうぅっ……。かっ、勝手なことを――！　んふっ……。くぅっ……。やっ、やめろっ。動くなっ……！　そんなに……、されたら……、声が……出てしまうっ……。あぁぁ……、はぁんっ……⁉」

　ベリス様が声を堪えようとして身を強張らせると、膣の締め付けがさらに増し、俺のイチモツが胎内で悦びに震える。

「あぁんっ……！　うっ、動かすなと……、言っているっ――！　くふっ……。ふぁ……、あんっ！　あぁくぅっ……！」

「ベリス様が、チンポを刺激してくるんですっ！　気持ちよくて、勝手に腰が動いちゃうんです！」

「わっ、私は……そんなこと、した覚えはないっ！　と、とにかく……、さっさとその、汚らわしいものを抜――」

　言いかけたとき、廊下のほうから足音が響いてきた。

「んむっ――!?」

ベリス様は慌てて口を閉じ、漏れ出る声を抑えようとした。

するとまたしても、下半身に力が篭もり、膣の締め付けが強くなる。

「うわあっ！　ベリス様にっ、チンポを絞られるっ……！」

股間を吸われるような刺激と快感に、腰がガクガクとひとりでに震えた。

硬い棒がぬちゃぬちゃいやらしい音を立てて、ベリス様の膣壁を引っ掻く。

「あっ、あんっ――!?　バカ、黙れっ！　外に……、聞こえるっ……。くぅっ……。や、やめろっ！　動かすなっ……！　ああっ……！」

「だって、ベリス様のオマンコが、チンポを舐め回してくるからっ……！　ほら、こんなによだれまで垂らしてっ！」

小刻みに振れ動く剛棒が、牝穴から掻き出された愛液を倉庫の床に撒き散らしていた。

「くぅっ……。と、とにかく、黙れっ！　動くなっ！　……あ……、はぁ……。あんっ……。あひぃんっ……!?　ま、また……、誰か来たぞっ。……んん……、くふっ……。はふぅっ……。ああ……」

いつもは人通りが少ない区画なのに、今日はなぜか人の往き来が頻繁にある。

それなりに規模の大きかった作戦のあとということもあって、いろいろ片付けるものが多いのかも知れない。

「あっ……くぅ……。早く……、そいつを抜けと……、言っているのに……。ふあああっ……。あふっ。はふんっ……。んく……ぅ……。あぁん……」

　下半身からの刺激に喘ぎながら、ベリス様はなんとか声を抑え込んで、廊下から人の気配が消えるまで耐えきった。

「んふううぅっ……。きっ、貴様……、よくもこんな……。もし見付かっていたら、どうするつもりだった……」

　随喜の涙を目ににじませながら、恨めしげに俺を見やる。

　睨んでいるつもりなのだろうけど、いつもの迫力は微塵も感じられず、むしろかわいらしいとさえ思ってしまった。

　調子に乗った俺は、ここぞとばかりにベリス様に言い放つ。

「いやあ。完全無欠のベリス様にも、弱点はあったんですね」

「なっ、なにっ⁉」

　当たり前だけど、ベリス様は気色ばんだ。

　でも俺はひるまず、さらに言葉を重ねる。

「だって、チンポを突っ込まれたら、こんなになっちゃうじゃないですか」

「くっ……。そんな……ことは……」

　怒り狂ったらどうしようと、言ってから後悔したのだが、ベリス様は自覚がおありなようで、悔しそうな顔をして視線を背けた。

ベリス様がそんなだから、俺はますます調子付く。

「本当ですか？　本当に、チンポを突っ込まれても平気でいられるんですか？」

言いながら、感じる穴を硬い棒で突き回してやった。

「あああんっ……!!」

俺の不意打ちに、ベリス様は為す術もなく甲高い声を上げ、秘孔から愛の液体を滴らせて悶えた。

「ううぅっ……。この……私が……、こんな下っ端戦闘員のチンポなんかで……。くふぅ……」

手を突いた壁を爪で引っ掻きながら、くぐもった呻きを漏らすベリス様に、俺は追い討ちをかける。

「でも身体は平気じゃないって言ってますよ？　ほら、どんどんよだれが垂れてきます」

「んぅっ……。くぅ……。このぉ……」

「しょうがないですね。だったら、俺が訓練に付き合ってあげますよ」

「なにっ？　訓練……だと……？」

「ええ。チンポを突っ込まれても、声を上げない訓練です」

「なんだそれは！　バカにしてるのか――！」

流石に怒りを露わにしたベリス様だったが、廊下からまた足音が響いてきたので、慌てて口を閉じた。

「ほら、また誰か来ましたよ。訓練を始めましょう。耐えて下さいねっ、ベリス様っ！」

「お、おい、やめろっ！ 貴様――。ひうぅっ!? んむむっ……」

俺が抽送を開始すると、ベリス様は必死に口を閉じて声を出すのを堪えようとした。

「いいですよっ。その調子。ほら、もっと気合いを入れてっ！」

言うのと同時に、ベリス様のお尻を平手でぺちんと引っぱたいてやる。

「ひぎぃっ……!?」

驚きのまじった悲鳴を発し、ベリス様が身を硬くした。

膣がぎゅっとすぼまり、秘肉が俺のものと力いっぱい擦れ合う。

「な、なにをするっ!? んくっ……。ああっ、チンポ……、擦れるっ……。あああっ……、あひんっ……!? やっ、やめないかっ！」

「ほら、ベリス様。声が出てますよ？ 外に聞こえちゃいます」

牝穴を突き上げる腰と、お尻を叩く手を動かし続けながら、俺は言った。

「だったら、やめろっ！ 動くなっ……！ くぅ……。ああんっ!? ひうっ……！ くふぅっ……」

外の足音に重ねるようにして尻を叩いていたのもあって、まったく気付かれることなく、通路を歩く誰かは部屋の前を通り過ぎていった。

「流石ですね、ベリス様っ！　ちゃんと耐えられてましたよ！」

「はぁ……。あぁんっ……。くぅ……。きっ、貴様ぁ……。はぁんっ……。どういう……、つもりだ……。んくっ……」

ベリス様は涙目になって俺を睨み付けた。

「チンポに耐える特訓だって言ったじゃないですか。これに耐えられたんだから、ベリス様は本当に完全無欠ですよ！」

「ふっ、ふざけたことを……」

「でも、ベリス様、すごく気持ちよさそうでしたね」

「なにっ⁉」

ベリス様が怒りを思い出す前に、話を別のほうに持っていく。

「あんまり締め付けてチンポをしごいてくるものだから、俺のほうが声を上げそうになっちゃいました！　ベリス様、もしかして、スリルで興奮してました？　それとも、ケツを叩かれて悦んでたんですか？　実はちょっとマゾっ気があったりして」

「なななな っ――――！　そんなわけ……あるかっ！」

「でもほらっ、いま俺に言葉で責められて、またオマンコの締め付けが強くなりましたっ！」

快感を生む摩擦が大きくなった肉穴の中で、いきり勃ちを揺さぶってみせる。

「あぁんっ⁉　あぁ～～っ！　うっ、動くなっ……。もう……やめないかっ！　はふぅっ……。あ、あんっ⁉　あはんっ……！」

「ほら、感じてるじゃないですか！　もっとですか？　もっとこうして欲しいんですねっ⁉」

すっかり発情した牝穴の奥を剛棒の先でえぐりながら、お尻を叩いてやる。

「あひんっ⁉　はぁんっ――！　くぅっ……。や、やめろっ！　ああっ、はんっ……⁉　ダメぇっ……！」

ベリス様は秘孔から大量の愛液を滴らせながら、ブルブルと全身を震わせて喘いだ。

「声が出てますよ。これじゃあ廊下の向こうまで聞こえちゃいます！　それとも、聞かせたいんですか？」

「そ、そんなわけ……あるか……。ぐぅっ……。もうやめろっ……。くふぅっ……、はぁ……」

必死で声を抑えながら、俺を睨もうとする。

「でもベリス様、すごく興奮してるじゃないですか！　オマンコなんか、もっと欲しいって言うみたいに、俺のチンポにしがみついてきます！　――ああっ、吸われるっ！」

「お、おいっ！　やめろと言っている――。ああっ、はんっ⁉　動くなっ！　尻を……、叩くなっ！　んくぅっ……。あはぁんっ……！」

俺が抽送を加速させ、手に力を籠めて尻を叩きまくると、ベリス様は情けない声を上げて悶えた。

「やっぱりベリス様、悦んでるじゃないですかっ！　素直にマゾだって認めないと、訓練にならないですよ！」

「きっ、貴様、まだ……、そんなことを……。……うくぅっ！　はぁ……。あんっ！　あぁんっ⁉　やめろっ！　くふっ。ひゃんっ……⁉」

「もっとして欲しいんでしょ、ベリス様っ！」

「ばっ、バカなっ！　私が……こんなことを、望むはずが……。あああっ⁉　くぅっ……。だ、ダメ……。声が……。あああっ！　あんっ……⁉」

ベリス様は必死で堪えようとしているが、どうしても喘ぎが漏れてしまうようだった。

「うぅ……。どうして……、こんな……。あはぁんっ……！　シャグラットの……幹部である……、わっ、私が……、チンポごときに……。くふぅっ……。あああっ、はんっ⁉　あっ……！　奥まで……、挿れるなっ！　チンポ……。ああっ、太いのが……。くぅ～～っ……！」

口では抗おうとしているのに、ベリス様の身体は完全に俺のチンポを受け入れ、ストロークのたびに敏感に反応し、牝穴から大量の愛液を滴らせながら無様に痙攣《けいれん》していた。

俺は熱く燃える胎内に股間のものを根元まで押し込み、ベリス様のお尻を力いっぱい引っぱたいた。

「はふんっ⁉　あうっ！　あんっ……！　ああっ、声……出ちゃうっ！　見付かっちゃうっ……！　うぅ……。ボスに……、バレる……。あああ、ダメぇっ！　ひゃふんっ……⁉」

もはや堪えようともせず、ベリス様は気持ちよさそうな声を上げていた。

「ああんっ！　ダメ……なのに……。ああ……、はぁんっ……!?　んんっ、チンポで……、オマンコの奥を……ズンズンされるの……、あ……くぅっ――！　きっ、気持ちいいっ！　奥……、感じるっ！　ああ～～っ……！」

遂に感じていることを認めると、ベリス様は自分からも腰を振るって俺のものを胎内に咥え込んだ。

「うっ、嬉しいですっ！　俺のチンポでこんなに感じてくれてっ！」

ずっと俺を見下してきた厳しい上官をチンポで屈服させている興奮と快感が背中を駆け上がっていき、腰と手の動きにいっそう力が籠もる。

誰かに見付かったって構わない。俺はここぞとばかりに、女上司の肉体に快感を打ち込んでやった。

「あはんっ!?　ああっ、チンポ……、いいっ……！　激しくされると、子宮に……じんじん響くっ！　あああっ!?　おかしくなるっ！　チンポ……、気持ちよすぎてっ――！」

「ベリス様のカラダも最高ですっ！　オマンコなんか、チンポの先を……ぬるぬる舐め回して――。おっ、俺もう、我慢できないっ！」

肉壁のあいだで、俺自身が激しく脈打つ。

「ああああっ、くるっ――!?　中に……、出るっ！　ふああっ！　子宮に注がれるっ……！」

ベリス様の膣が期待に蠢《うごめ》き、射精を促すように俺のイチモツを責め立てる。

「いいぞっ、出せっ！　そのまま……中にっ！　ドロドロで濃いやつを、子宮にいっぱいっ……！」

「そんなことしたら、孕んじゃいますよっ？　いいんですかっ⁉」

俺は言葉を返しながら、腰を引く振りをした。

「あああっ⁉　抜くなっ！　いいからっ、そのまま出せっ！　熱い精液を、子宮にっ！」

ベリス様が慌てて言い、俺のものを収めた狭穴を力いっぱい引き絞る。

「うおおおっ！　絞られるっ――！」

焼けるような刺激と快感が股間を直撃し、身体の奥から熱いものが急速に込み上げてきた。

「出すぞっ！　俺のザーメンで孕めっ！　ベリス様っ！」

ぐっと腰を突き出した刹那、そそり勃ちの先から白マグマが勢いよく噴き上がった。

「あひぃぃ～～～っっ…………⁉」

衝撃に背中を反り返らせながら、ベリス様は嬉しそうな声を上げた。

「きてるっ！　熱いのっ……！　ひゃあぁんっ……⁉　子宮がっ、燃えるっ！　あああっ、精液すごいぃ～～っ‼」

あられもない言葉を叫び、ベリス様は二度、三度とその身を痙攣させる。

「ふあああっ！　まだ……、出るっ⁉　あああっ、ザーメンいっぱいくるっ！　奥にドピ

ユドピュ出てるっ……！」

「まだまだ出すぞっ！　孕めっ！　イけっ！　もっと——！」

よがり狂う女傑の姿に征服感とある種の達成感を覚え、興奮が止まらない。

俺は淫らな体液でどろどろになった肉穴に股間のものをなおも突き挿れ、ありったけの精を注ぎ込んでやった。

「んひぃっ——⁉　精液どんどんくるっ！　あああっ、溢れるっ！　くふぅっ……。本当に……、孕まされるぅ〜〜っ‼」

胎内に収まりきらなかった白液が外に溢れ出たとき、ベリス様の秘所からサラサラした液体が撒き散らされた。

「あ……くぅ……。い、イッた……、あぁ……。んふぅ……。中出しされて……、潮まで……吹いて……。くふ……、うぅ……」

絶頂の余韻に浸るようにつぶやくと、ベリス様はぐったりとなった。

「……はぁ……。はふ……。くぅ……。ま、また……、貴様は……、上官に……こんな……。あふぅ……」

荒い呼吸の切れ間に言って、こちらを力なく睨む。

「でも、ベリス様、すごく気持ちよさそうでした……。とっても色っぽくて……、それに、かわいかったですよ」

　俺も肩で息をしながら、ようやく言葉を返した。

「うぅ……。だから……、上官に対して、かわいいなど……、ふざけたことを言うなと……、何度も……。くぅ……。下っ端の……、分際で……」

　怒っているように見せているが、視線をきょろきょろ泳がせて、照れているのが丸分かりだった。

「ふざけてなんかいません！　本心から言ってるんです！　ベリス様はかわいいですっ！それはもう、本当に孕ませたいって思うくらいに！」

　言っているあいだに、俺のものはベリス様の胎内で、再びムクムクと大きくなっていった。

「あああっ!?　貴様――、まだ……続けるつもりかっ!?　こっ、こんなところで……！」

　ベリス様が慌てた声を上げる。

「こんなところじゃなかったらいいんですねっ!?　だったら、ベリス様の部屋に行きましょう！」

「わっ、私の部屋だと!?」

「ダメですか!?　あああっ！　俺もう、我慢できないっ！　かわいくて魅力的なベリス様と、もっとセックスしたいっ！」

「ま、待て――。あぁあんっ……!?　分かったから、動くなっ……！　ぐぅ……。へっ、部屋に行くまで待てっ……！」

膣内をまさぐられると、ベリス様はすぐに悦びの声を漏らして感じ始め、部屋に行くことをすんなり許可した。

「じゃあ、急いで行きましょう！　このままで！」

「な、なにっ⁉　このまま――？」

「そうです！　ベリス様と繋がったままで！」

言うなりぐいぐいと腰を突き出し、太くいきり立った棒をベリス様の秘孔に押し込む。

「あああっ、やめろっ――！　ま、待てっ！　そんなふうに突いたら……、声がっ……！　んふぅっ……！」

感じる穴を掻き回す剛直から逃げるように、ベリス様は声を押し殺しながら歩き出す。

運よく廊下の人通りは途絶えていて、誰にも見付からずにベリス様の部屋まで辿り着けた。

かつてないスリルと緊張がそのまま興奮にすり替わったベリス様は、その頃には完全に発情していて、俺たちはまたしてもひと晩中、性の快楽を貪り続けることとなった。


こんなふうにして夜のトレーニングを積んだとて、俺がベリス様のように強くなれるわけもなく……。

むしろ、夜にハッスルしすぎたせいで、昼間はげんなりという有様。

「はぁ～～っはっはぁ～～っ！　聴け愚民ども！　このショッピングモールは我らがシャ

グラットが占拠した！」

スピーカーから大音量で流れてくるベリス様の声が、広大なショッピングモールと寝不足の俺の頭の中に反響する。

「大人しく我々に捕まり、シャグラットの忠実なしもべとなるのだ！」

今日はこのあいだの公園襲撃作戦のやり直し。

ショッピングモールで呑気に買い物を楽しむ市民たちを捕まえて洗脳し——、というやつだ。

屋内の施設であれば、出入り口を固めてしまえば中のお客たちを袋のネズミにできる。

前回の反省がほんの少しだけ活かされた、ベリス隊にしては頭を使ったと言える作戦だ。

だが、広いショッピングモール内には隠れる場所が無数にあるので、捕まえるのに苦労することに変わりはない。出口を塞いだからといって、市民たちは大人しく連行されてはくれないのだ。

どうせならもっと狭い範囲に限定するべきだった。せめてモール内のシネコンとか……。

心の中でぼやきつつ、あくびを噛み殺しながらぼんやりベリス様の演説を聴いていると、古参の戦闘員に背中をつつかれた。

「えっ？　ぎ、ギーッ！」

出遅れていたことに気が付き、慌ててモールの真ん中の広場に駆け込む。

寝不足もそうだが、昨夜ベッドで張り切りすぎたせいで、股間の辺りが筋肉痛。なんとも無様な走りっぷりを披露してしまう。

作戦決行前の総仕上げ訓練の後遺症でほかの戦闘員も似たり寄ったりの有様だが、その上でベリス様と夜通しトレーニングに励んでいた俺は、目立って動きが悪かった。

出入り口に陣取りながら作戦の推移を見守っている古参戦闘員の視線が痛い。

罰当番はご免被りたいので、せめてヘマだけはやらかしませんように……。

そうでなくても作戦が失敗すれば、無意味な説教タイムからの地獄の特訓が待っている。

今日こそはそれを回避すべく、どの戦闘員も疲れた身体に鞭を打って、必死に人々を追いかけるのだが、全力で逃げるお客たちをなかなか捕まえられない。

なにしろ自分の身が危ないのだから、あちらはあちらで必死だ。訓練疲れもしていないだろうから、一般市民たちは俺たちよりも元気いっぱい。なんとも情けない話だ……。

でも今回は、いくら逃げても出入り口はしっかり封鎖してあるので、最後には俺たちに捕まるしかないのだった。

隠れていたところを見付かって逃げ回った果てに、袋小路に追い詰められた市民が叫ぶ。

「助けてピュアメラ！」

こんなところで助けを呼んだって無駄だ。屋外の公園とは違って声は遠くまで届かない――。

「そこまでだ、悪者たち！」

届いたらしい。

振り返ってみれば、ショッピングモールの中央広場の噴水の上に、お馴染みのふたり組の姿。

「ピュアピンク！」

「ピュアブルー！」

「「ふたりでピュアメラ‼」」

ピュアメラたちがポーズを決め、人々がやんやの喝采を送る。

まったくこいつらは毎度毎度、どうやって助けを呼ぶ声を聞き付けて、どこから現れるのやら。

ピュアメラたちにいつもくっついているぬいぐるみのような小さな生き物が怪しいと睨んでいるが、詳しいことはよく分からない。ピンチに陥った善良な人たちが助けを求めれば、とにかく連中は駆け付けてくる。それが正義の味方というものなのだ。

「現れたな、ピュアメラ！」

こちらもどうやってかは知らないが、ピュアメラの出現を察知したらしいベリス様が、館内放送でがなり立てる。

「お前たち、今日こそ目にもの見せてやるぞ！　全員でかかれ！　やつらを囲んで叩きのめすのだ！」

「ギーッ！」

ベリス様の号令で、俺たちは一斉にピュアメラのいるほうへと向かう。

するとどうなるかというと……。

せっかく固めてあった出入り口がガラ空きとなり、市民たちはそこから次々に外へと逃れてゆく。

「あっ、イカン！　全員でかかるな！　半分は愚民どもを捕まえろ！」

「ギーッ！」

半分の戦闘員たちが持ち場に戻ろうとするが、とき既に遅し。

モールの出入り口に殺到した戦闘員がドアのところで詰まり、団子になってもがいているうちにお客たち全員を取り逃がす結果となった。

「やれやれ。私たちの出る幕がなかったわね」

ピュアピンクが呆れ顔でかぶりを振る。

「じゃ、そういうわけだから。後片付け、ちゃんとして帰るんだよ？」

苦笑を湛えながらピュアブルーが言い、ピュアメラのふたりは去っていった。

「おのれぇ～、ピュアメラ！」

俺たちを残して空っぽになったショッピングモールに、ベリス様の館内放送が虚しく響いた。

そうして今回の作戦も失敗に終わったわけだが――。

ベリス様とのあれやこれやによる寝不足と疲労がたたり、取り立てて働きの悪かった俺は、案の定古参戦闘員に目を付けられ、罰代わりの後片付けを言い渡されてしまった。

例によってベリス様からの叱責に続いて始まった過酷な訓練を経てからの片付けなので、終わる頃にはへとへとだ。

今日はもう、一刻も早く家に帰って寝たい。

アジトを出て、自分のアパートのベッドを恋しく思い浮かべながら道を歩いていると――。

「おい。貴様」

「えっ？」

声をかけられ振り返ったそこに立っていたスーツ姿の人物が、ベリス様だとはとっさに分からなかった。

「ぎ、ギーッ！　ベリス様！」

「馬鹿者。外で敬礼をするな」

「あ、そ、そうでした……」

幸い、道に人の姿はなかった。

それにしても、私服のベリス様なんて、初めて見たような……。

スーツ姿だと、オフィス街を歩いているキャリアウーマンと変わらない。

悪の組織はこのようにして、市井の人々の中に溶け込むのだった。

——いや。果たして溶け込めているのだろうか……？

スーツを着ていてもボインと出っ張って目立つところは目立つし、見目麗しいお顔だって……。

ああ俺は、この人とあんなことやこんなことを……。

思い出すとまたムラムラが——。

「おい……」

「えっ？　ギ——。は、はいっ！」

また敬礼しそうになり、慌てて普通に返事をする。

「いまから帰るところか？」

「そ、そうです」

「そうか……。実は、私もいまから家に帰るところだ」

「はあ……」

幹部にはアジトの中に私室が用意されているが、自分の家はちゃんと外にある。

しかし、ベリス様の家……。

いったいどんな家なのだろう……？

というか、ベリス様が家事をしている姿なんて想像もつかない。

「——もっとも、家に帰ったところで、日課のトレーニングをして、食べて寝るだけなのだが……

「そ、そうですか……」

訊いてもいないのにそんなことを話すものだから、考え事をうっかり口走っていたのではと思って冷や冷やした。

「それで……だな……。もし、時間があるのなら……、飲みに行かないか？」

おずおずといった感じで俺に尋ねる。

「えっ？ の、飲みに……ですか？」

「たっ、たまには、部下との親睦というか……だな……。そういうのを、してみるのも悪くないというか……」

なぜだかベリス様は、しどろもどろに言い訳めいたことを口にし始めた。

「はぁ……」

「とっ、とにかく――、行くぞっ！ ついてこい！」

「は、はいっ！ お供しますっ！」

もとより、ベリス様のお誘いを断れるわけがない。

俺はなにやら情緒不安定気味のベリス様に付き従って、飲み屋街に向かった。

ベリス様との飲み会なんて、いったいどんな恐ろしいことになるのやら……。

そう、覚悟を決めていたのだけど――。

「んん……のれぇ〜〜、ピュアメラめ……。今度こそ叩きのめしてやるぞぉ〜〜……」

酒にはめっぽう弱いらしく、ベリス様はあっという間にべろんべろん。

「べ、ベリス様、声が大きいですっ……」

いくら個室とはいっても、大声を出せば外に漏れ聞こえてしまう。

「ボスもボスだ！　私にろくな怪人をあてがってくれぬから、いつまで経ってもぉ〜〜……」

「いたたたっ⁉」

俺に抱き付いたベリス様が、ボスへの不満をぶつけるように、身体をぎりぎりと締め上げてきた。

「なにが痛いだっ！　貴様たちがぁ、そんなふうに貧弱だからっ、ピュアメラに

「勝てぬのだ！」

「あわわわ……」

今度は俺を押し潰す勢いでしなだれかかってくる。

「べっ、ベリス様っ。いろいろマズイですからっ……！」

密着したところから、ベリス様の温もりや、柔らかな膨らみの感触が伝わってくると、股間の辺りがうずうずと……。

「おっ、お店にも迷惑かかりますから、場所を変えましょうっ！」

「うむ。いいぞぉ。今夜はとことん付き合ってもらうからなっ」

とはいえ、泥酔したベリス様を連れて入れるお店などあるわけがない。

「だったら、家飲みしましょう。家の中なら、人目は気にしなくていいですから」

「家……？　どこの家だ」

「ええと……、俺の家……は……、壁が薄っぺらいので……。ベリス様の家はどうですか？

どのみち送って行かないと、おひとりでは帰れないでしょう？」

「なにをっ⁉　この私が、ひとりで家に帰れないなどと……、そんなこと、あるわけが――」

言いながら立ち上がったベリス様は、足がもつれてひっくり返りそうになった。

「あああっ、危ないっ！」

個室のふすまを突き破る前に、なんとか支えることができた。

「うむ……。ちょっと……飲みすぎたみたいだ……」

「じゃあ、ほら、家に帰りましょう」

「そ、そうだな……。家に……」

ベリス様は言ったあとで急にそわそわし始め、視線を泳がせた。

「い、家に……？　私の……」

「ええ。そうですけど……。どうかしましたか？」

「ななっ、なんでもないぞ！　貴様が来たいのなら、来ればいい！」

「は、はあ……」

ベリス様は急に酔いが覚めたみたいにしゃっきりと立ち、ひとりでさっさと歩き出した。

だからといって、このまま放って帰るわけにはいかないので、俺はそのあとに従って、ベリス様の家までついていった。

「ほ、ほら、入れ……」

さすが幹部というか、ベリス様のお住まいは、俺のアパートより格段にグレードの高い、マンションの一室だった。

広い家の中は、きれいに片付いていた。というより、あまり物が置かれていない。

女の人の部屋というと、もっとファンシーな感じを想像していたけど、ベリス様がそんな部屋で暮らしていたら、それこそ驚きだった。

とにもかくにも、俺は人生で初めて、女性の部屋に招かれたのだった。

ドキドキするし、それ以上に興奮を覚える。

「あ、あまりじろじろ見回すな。寝に帰っているだけのようなものだからな。殺風景だろ」

「いえ。きれいに整頓されていて、俺の部屋とは大違いです。それに、いいにおいがしますし……」

「そ、そうか……」

「じゃあ、早速……」

言いながら俺は、ベリス様の身体に後ろから手を回した。

「ひゃっ……!? なっ、なにをするっ！」

「なにをって……。期待してたんでしょう？」

「ききき……、期待……など……、べつに……」

語尾を濁して、ベリス様はそっぽを向いた。

「本当ですか？　家に行こうってなったときから、態度がおかしかったじゃないですか」

「うぅ……。それは……、その……。はふぅん……」

手で身体をまさぐってやると、ベリス様はすぐに熱い吐息を漏らした。

「素直に言ってくれたら、して欲しいことをして差し上げますよ？」

「うぅ……。はぁ……あん……。あはぁん……。そんな……ところを……、触るな……。んう……」

「いいんですか？　やめても」

「ま、待て……」

俺が手を止めようとすると、ベリス様は慌てて言う。

「じ、実は……、家に来たいと……言い出したときから……、ずっと期待していた……」

「なにをですか？」

「そ、それは……。分かるだろうが……」

「ああ。飲み直すんでしたね」

「ちち、違うぞ……。そうではなくて……。その……。え……、エッチなことを……」

躊躇《ためら》いつつも、ベリス様は正直にその言葉を口にした。

「これのことですか？」

むっくり起き上がった股間の前を、お尻にぐいっと押し当ててやる。

「ああっ……!?　そっ、それだっ……。貴様の……、それ……。おチンポを……、いっ、挿れてもらうのを……、期待……していたのだ……」

「しょうがないですね。いいですよ。ほら、寝室はどこですか」

「こっ、こっちだっ！」

酔いも覚めかけていそうなのに、お店にいたときよりも顔を赤くしながら、ベリス様は俺を寝室に引っ張っていった。

部屋に入ると、俺はベリス様の服を剥ぎ取りながら、その身体をベッドにうつぶせに寝かせる。

俺も着ているものを手早く脱いでベッドに上がり、ベリス様の下半身に取り付くや、股間のものを秘孔に突き挿れた。

「んうぅっ……。ああっ、あんっ⁉ いっ、いきなり……、入った……あ……」

肩越しに振り返って俺を見たベリス様の顔は、早くも悦びに蕩けていた。

「うわあっ……！ ベリス様のナカ、愛液でぐちょぐちょだっ！ チンポにぬるぬる絡み付いてきて、腰が吸われるっ……！」

燃えるような快感が身体の先っぽから伝わってきて、俺はのっけから猛然と腰を振るい、ベリス様の牝穴を責め立てた。

「あひんっ⁉ ああっ、激しいっ！ 最初から……そんな……。ああっ！ ダメぇっ！ ひぃんっ……⁉」

ベリス様は悲鳴じみた嬌声を上げ、じたばたと悶えた。

「ダメだと言うならなんで、オマンコがこんなにトロトロなんですかっ！ 最初からこうなることを期待してたんでしょ？」

蜜壺の愛液を掻き回すように、そそり勃った肉の棒を勢いよく出し入れしてやる。

「あああんっ……⁉　そっ、そんな……ことは……。うくぅっ……！」

「本当ですかっ？　正直に言わないのなら――」

ぐっと腰を突き出し、肉槍の先を秘孔の奥に食い込ませる。

「あああ～～～んっっ…………‼」

ベリス様はうつぶせのままで、背中を反らせて衝撃に喘いだ。

「ほっ、ほんとは……、貴様が、家に来ると……言ったときから――、あふぅっ……！　せっ、セックスを……、期待して――。んんっ……。オマンコを、ぐっしょり濡らしていたっ……！」

ビクビクと全身を痙攣させながら、ベリス様は告白した。

その言葉を聞いて、感激と興奮が俺の中を駆け巡る。

「ベリス様、そんなに俺とセックスしたかったんですね！」

ますますいきり立ったイチモツが、膣内の柔肉を力強く引っ掻いた。

「あああ、くぅっ……！　きっ、貴様が……そんなふうに……、激しいセックスを……、教え込んだからだっ！　はぁぁんっ……⁉　だっ、だから、オマンコが……、こんなに感じやすくなって――。んくっ……、あ……あぁんっ……⁉」

トンネルの突き当たりを剛棒の先でまさぐられるたびに情けなく身悶えし、涙ぐみながら文句を口にする。

「んくぅっ……。奥を……、そんなに……突かれたら……、おかしくなるっ……！　ああっ。いっ、いっぱい、感じるっ！　はぁんっ……⁉　こんな下っ端に……、自分の家で犯されて……、感じてるっ……！　ああ、いいっ……。そこ……いいっ！　んふっ……。はぁんっ……！」

「俺との思い出ができちゃいましたね」

「な、なにっ⁉　――あんっ……！　おっ、思い出……、だと……？」

「これからベリス様は、家に帰ってこのベッドで寝るたびに、俺とのセックスを思い出して、オマンコを濡らしちゃうんでしょうね」

「くぅ……。そ、そんな……の……、困る……。ああぁ……。貴様のせいだぁ

……。毎晩おかしな気持ちになって、寝られなくなったら……、どうしてくれる……。うぅ……」

その言葉とは裏腹に、ベリス様の膣は俺のものを求めるようにぐねぐねうねって、太い棒を肉穴の奥へと誘う。

「おおおっ――！　オマンコに、チンポ食べられてるっ……！　ベリス様、本当にセックスが好きなんですね！」

竿に焼き付く秘肉を払い除けるように、激しいピストンを繰り出す。

「あはぁんっ⁉　ああっ、しゅごいぃっ！　チンポ……、奥をずんずんしてるっ――！　くふぅっ……。ああっ！　おかしくなるぅっ！」

「おっ、俺もっ……、おかしくなりそうですっ！」

発情した秘肉でしたたかしごかれた俺のものは、早くも限界をきたしていた。

「ううぅっ、すごいっ！　ベリス様のオマンコ！　チンポ欲しがって、ぎゅうぎゅうしがみついてくるっ！」

小刻みに腰を振るい、肉棒を包み込んだ膣壁のヒダに竿全体を擦り付ける。

「ふぁあっ⁉　激しいっ――！　んんっ……はふぅっ……！　チンポがビュクビュク脈打ってるっ！　――あああっ、欲しいっ！　精液……欲しいっ！　毎晩思い出して、おかしな気持ちになったっていいっ！　忘れられなくなるくらい、いっぱい入れてっ！」

早く果てろとばかりに、ベリス様の膣肉が俺のものに張り付きながら蠢いた。

「いいぞっ！ たっぷり注いでやるっ！ 孕めっ――!!」

いきり勃ちを膣の最深部まで押し込み、子宮の入り口をこじ開けながら思いの丈を発射した。

「んひぃいぃっ!? ビュルビュル出てるぅっ――！ ああぁっ、奥に……熱いの、当たってるっ……！ はあぁんっ！ 気持ちいいっ！ イクっ……！ イクぅ～～っ……!!」

滾った欲望を注がれると、ベリス様はすぐに達し、絶頂の快感に全身を打ち震わせて悶えた。

「あぁんっ!? ザーメンすごいっ……！ ふああっ……、お腹が……熱い……。濃い精子が、あっ、溢れ……てる……、うぅ……。オマンコだけじゃなく……子宮まで……、ドロドロになる……。くうぅ……」

快楽の余韻に喘ぐ秘孔は、俺のものを咥え込んだまま、ヒクヒクと小さく痙攣していた。

「思いっ切りイッたのに、まだ欲しがってるんですか、ベリス様」

硬さを保ったままの肉棒を動かしてやると、愛液と溶け合った白濁が女の穴から掻き出されてくる。

「くふぅ……。きっ、貴様が、太いやつを……、挿れたままだから……、あぁぁ……。もっと、欲しく……なる……。はふぅ……」

そう言うと、催促するように下半身を揺すってくる。

俺もまだまだ、興奮が収まる気がしなかった。

女性の部屋に入るのも初めてなのに、そこでセックスまでしてしまうとは――。

考えただけで股間のものは膨れ上がり、たったいま注ぎ入れた淫汁を狭穴から押し出した。

「あああああっ、貴様のチンポ……、どんどん大きくなるっ！　そっ、そんな……、太いので……、されたら……。あああ……。すぐに、おかしくなってしまうっ！　また……、い……イカされるぅっ……！」

期待の籠もった眼差しを下半身に送り、ぞくぞくと身体を震わせてベリス様が声を上げた。

「イカされたくて、しょうがないんだろっ！」

俺は勢いよく律動を再開させ、滑りのよくなった牝穴の奥を突き上げる。

「ひきっ――!?　硬いおチンポっ……、奥まで……きたっ！　あああっ、一気にっ……！　くふぅっ!?　おお、お腹に、響くっ！　……あぁはんっ、気持ちいいっ！　はぁんっ!?　あはぁ～～んっ……！」

感じる穴を繰り返しえぐられ、ベリス様はベッドの上でよがり狂った。

「こっ、こんなに、チンポでイカされたらっ……、チンポのことしか、考えられなくなるっ！　あああっ！　どうして……くれるんだっ……！　貴様――。貴様の……、チンポのせいでっ！」

肩越しに俺を見て、快楽に緩みきった顔をしながらも、必死に睨み付けてくる。

「おっ、俺だって！　ベリス様のオマンコの虜ですよっ！　きっとこれからは、訓練のときも、作戦中だって、ベリス様とセックスしたいって、それぱっかり考えるようになる！

どうしてくれるんですかっ！」

俺も負けじと言い返した。

「ううぅっ。どうもこうも、あるかっ！　元はと言えば、貴様がっ――。あああっ、あんっ⁉　はぁんっ！　んんっ、はぁ……。ああっ！　貴様がっ、こんなことを……するから……。私に、セックスを……、チンポの味を……、教えたから……！」

「だったら、責任を取りますっ！　だから――」

俺は一瞬間躊躇ったのち、思い切って言葉を継いだ。

「俺の女になって下さいっ！」

「なっ、なにっ⁉」

「俺の女になってくれたら、好きなときに、好きなだけいちゃついて、エロいことができますっ！　エロいことをしまくって、欲求を満たせば、四六時中発情しなくなる――！　こんなふうにっ！」

上官をいよいよ屈服させられるという征服感と興奮でガチガチにいきり立った股間のものを、感じる穴に執拗に叩き込んでやる。

「ひぃんっ……⁉　あああ、すごいっ！　チンポ激しいっ！　ふあああぁっ……⁉　なるっ――。なるぞっ！　貴様の――。あなたの……、女にっっ‼」

高らかに宣言すると、俺のものを収めた牝穴を力いっぱい引き絞り、精液を求めた。

「貴様——、あなたの、女になって……。あぁぁあっ、あんっ⁉　あはぁんっ！　くふぅっ……。もっと……、いっぱいエッチを……、する……。んふぅっ、ああっ……。はぁぁ〜〜んっ……！」

「ようし、いいぞっ！　いまからお前は、俺の女だっ！」

歓喜に震えながら、ガチガチに勃起した剛棒をベリス様の膣内に根元までねじ込んだ。

「チンポがムラムラきたら、すぐにハメるし、お前のマンコが疼いたら、いつでもイカせてやるっ！」

「あぁあっ、嬉しいっ！　これでいつでも、チンポもらえるっ！　熱くて濃い精液で、いっぱいイケるっ……！」

膣の奥をえぐられながら、ベリス様は背中をエビのように反らせて悦び喘いだ。

「んん……あんっ！　あはぁんっ……⁉　ああっ、もう……ダメ……。すぐに……、イキたいっ！　あなたの女になって初めての精液、たっぷり子宮に注いでっ！」

さらに膣を締め付け、俺のものを搾り上げながら射精をねだった。

「いいぞっ！　ありったけくれてやるっ！」

素早く腰を振りたくり、うねる肉ヒダに敏感な棒の先をしたたか擦り付けると、お腹の奥から熱いマグマがぐんぐん込み上げてくる。

「孕めっ、ベリス‼」

肉棒がひときわ大きく脈打ち、白い溶岩を膣内に噴射した。

「くおおおっ⁉　あひっ……！　んひぃ～～～～っっ⁉　精液いっぱいくるっ……！　あっ、溢れるぅっっ…………‼」

再び絶頂を迎えたベリス様は下半身をガクガクと跳ね上げ、盛大に潮を撒き散らす。

「ああ……。ひぅ……。しゅごい……。これが……、女の……悦び……。……っ……ああ……。あなたの……、女になれて……、よかった……。はふぅ……」

快感の余韻に喘ぎながらも、ベリス様はまだ下半身を揺すり続けている。

「も、もっと……、イキたいっ！　たっぷりのザーメンを……、子宮に……。うぅふうっ……」

ぐちょぐちょになった女の穴でしごかれながら、俺自身もさらなる快楽を求めていた。

だが、ありったけの精液を放出したばかりで、腰は震えるが一向に白液は出てこない。

「俺だって、まだまだベリスの中に出したいさ！　だから、出せるやつを搾り出してやる！」

俺は下半身に力を籠め、もうひとつの熱い液体を解き放った。

「ひいいいいっ⁉　ああっ、なんだっ⁉　なにを……、出したっ！」

下半身に目をやったベリス様は、大事な穴から溢れ出た黄色い液体を見て混乱した声を発した。

「うおおおっ――――！　俺のぜんぶを受け取れっっ‼」

尿道に残った白い塊を押し出しながら、大量の放水が膣内を満たしてゆく。

「あああっ、オシッコ……入ってくるっ！　私の中にっ……！　くふっ……ああっ、溢れるっ！　私のオマンコ、オシッコでいっぱいになるっ！」

悲痛な声で叫びながらも、その顔にははっきりと悦びが浮かんでいた。

「あああ……でも、気持ちいいっ……！　オマンコの奥に、ジョバジョバ当たって……。子

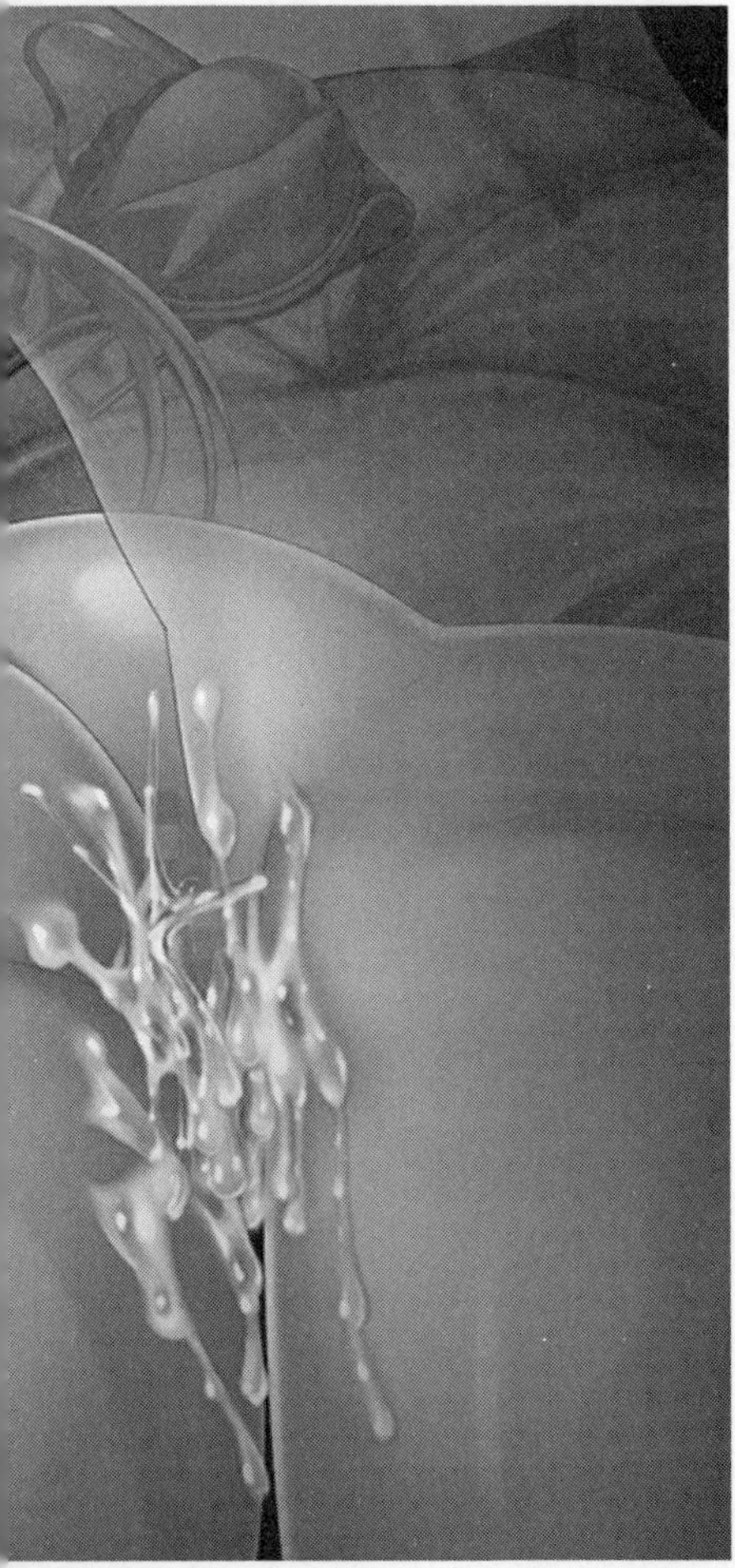

宮の入り口、くすぐってるっ……！　あぁぁ……いいっ！　感じるっ！　ふぁ……。ああ
あ〜〜〜んっっ…………！」
うっとりと悦びの声を上げるや総身を痙攣させ、ベリス様はあらゆる体液にまみれなが
ら恍惚となった。
「……んひ……。くふぅ……。あああ……。すごい……。うぅ……。はぁ……。ああ
……………」
絶頂の快感に浸るベリス様から股間のものをようやく引き抜くと、栓を失った秘孔から
淫らな液体がどばどばと噴き出てくる。
ベッドの上でぐったりとなった女上司を見下ろしながら、俺はかつてないくらい気持ち
が昂ぶっているのを感じていた。
初めての……女……。
初めての、『俺の』女……。
その言葉を頭の中で反芻すると、また股間がガチガチに勃起してくる。
でも、さすがに今日は、疲れ果てた。
「復活したら……、イヤってくらい抱きまくってやるからな……」
俺の言葉が届いていたかは分からないが、イキ疲れてそのまま寝入ってしまったベリス
様は、小さな呻きのような音を漏らした。

第3話 史上最大の作戦！ ピュアメラ最後の日!?

「おい。朝だぞ。いつまで寝ている。起きろっ！」

「……ん…………？」

目を開けると、そこにはベリス様のお顔が……。

そうだった。俺は――。

昨夜の記憶が急速に脳裏に蘇ってきた。

「お、お早うございます……。ベリス様、早起きなんですね……」

サイドテーブルの時計をチラッと見ると、まだ朝の早い時刻。

「貴様が寝坊なだけだ。私はとっくに起きて、朝のトレーニングを済ませたぞ。貴様も栄えあるシャグラットの一員なのだから、規則正しい節制した生活を心掛け、常日頃から心身の鍛錬に努めるのだ」

「は、はあ……」

普段の脳筋戦法からは想像もできない、優等生然とした物言いだ。

「でもベリス様。昨晩は随分とお酒を召し上がって、そのあとはベッドで乱れまくりでしたけど。規則正しい節制した生活とは……」

「うっ、うるさいっ！　とにかく、貴様も早く起きるんだっ！　朝食ができているぞ！」

ちょっとからかってみただけなのに、ベリス様は顔を真っ赤にしてあたふたし始める。

そんな仕草がかわいらしくて、俺は胸がドキドキし、ついでにアソコがムズムズするのだった。


ダイニングのテーブルには、朝食が用意されていた。

栄養バランスが考えられた、豪勢かつ健康的な朝食。

自炊が面倒で出来合いのものに逃げがちな俺にとっては、久し振りの温もりに溢れた朝食だ。

「す、すごい……。ベリス様、料理まで完璧なんですね！」

今度はからかったわけではなく、感激のあまり自然と言葉が口をついて出ていた。

「ほっ、褒めたって、これ以上なにも出ないぞ。早く食え」

ベリス様は言って、照れたように視線を背ける。

「はいっ！　いただきますっ！」

勢い込んで返事をすると、俺は夢中になってベリス様の手料理を胃袋に収めた。

「なかなかいい食べっぷりだな」

食事をすっかり平らげた俺を見て、ベリス様は呆れと嬉しさが同居しているような複雑そうな微笑を浮かべた。

「すごく美味しいからですっ！　ベリス様の料理なら、いくらだって食べられます！」

「そ、そうか。それはなによりだ……」

ベリス様はほんのり頬を赤くして、もじもじしながらテーブルの上に目を落とした。

それから少しの間があって、また俺に視線を戻し、意を決したように言う。

「な、なあ……。私は、貴様——、いや……、あなたの女になったのだから……。ふっ、ふたりきりのときは、そんなにかしこまったしゃべり方をしなくていいのだぞ……？」

「えっ？　い、いいんですか……？」

昨夜のあれは、ベッドの中の勢いというか……。

その場限りで終わる話かと思っていたのだけれど——。

「も、もちろん、アジトの中では普段通りだ。ボスに……、皆に知られてしまうと、いろいろ厄介だからな。……だが——」

ベリス様はそこで言葉を切って、上目遣いに俺を見やった。

「ふたりだけのときは……、ちゃんと貴様の——、あなたの……女として扱って欲しいというか……。その……。だ、ダメ……か……？」

そんなふうに見詰められたら、胸がきゅんとなってしまうに決まっている。

「わっ、分かりました——。じゃなくて……。分かったよ、ベリス」

「う、うむ。それでいい」

そう言って、ベリスは本当に嬉しそうに微笑んだ。

「では、片付けをするから、貴様――、いや、あなたは、支度でもして待っていてくれ」

ベリスは言うと、テーブルの上の食器を片付け始めた。

「ああ……。待ってる……」

俺はぼんやり言葉を返して、せっせと家事をしているベリスを見守った。

そうしていると、なんだか恋人を通り越して新婚夫婦にでもなったみたいに錯覚してしまう。

「……ん？　どうした？」

視線に気付いたベリスが、俺のほうを振り返る。

「い、いや……、なんでもない……」

「そうか」と言って、また俺に微笑みをくれると、ベリスは洗い物に戻った。

アジトにいるときや任務の最中には絶対に見せない無防備な背中を、俺はじっと眺める。

よくよく見ると、ベリスは結構な薄着だった。

そう言えば、朝のトレーニングをしたあとだと言っていたっけ……。

ベリスが身体を動かすたびに、大きな胸やお尻が揺れ動く。

タンクトップの下はノーブラだろう。

ベリスが手を大きく動かすと、がばっと開いた脇のところから胸の先端がちらりと見えそうだった。

「…………」

生唾を飲み込んだ俺は、まるで引き付けられるみたいに、そろりそろりとベリスのほうに近付いていった。

「お、おい……。昨日あれだけしたのに、またそんな――。……あっ、ああっ……!?」

背後から抱き付いて、ズボンの前の膨らみを下半身に押し当ててやると、それに気付いたベリスの顔に期待の色が浮かぶ。

「んんっ……。も、もう……そんなに硬くして……。あ……、あぁ……。食い込んでる……。んふぅ……」

早くもアソコが疼き出したのか、足をもじもじさせながら切なげな声を漏らした。

「ベリスが誘うような格好でいるからだぞ。そんな姿でうろつかれたら、我慢できるわけないだろっ！」

ベリスの服を乱暴にはだけると、股間のものを取り出して迫ってゆく。

「あっ――!? こっ、このまますのか……？ んん……ああっ、当たってるっ……。はふぅ……。んんふぅ……。熱いのが……、食い込んでくるっ……。ああっ、あんっ……！」

抗議するような言葉を吐きながらも素直に足を持ち上げて、ベリスは俺のものを受け入れた。

膨れた棒が柔肉を押し広げて、膣の奥までひと息に潜り込んでゆく。

「おおっ！　ぬるっと入ってったぞ⁉　とっくに濡れてたんじゃないか！」

「うぅっ……。あ、あんなものを、押し付けてくるから……。あああっ、はぁんっ……⁉　さっ、最初から……、おチンポ激しいっ！　……っくうぅぅっ……！　そんなにしたら、どんどん濡れてくるっ！　これから、アジトに行かなくてはいけないのにぃっ……！」

身悶えしながら、悲痛な声で文句を垂れる。

「じゃあ、いまやめていいのか？　このままだと、一日中ムラムラしっぱなしだぞ！」

硬く尖ったいきり勃ちの先で肉洞の奥を突き上げ、掴んだ胸を力いっぱい揉みしだきつつ言い返す。

「そっ、それは……困るっ……。はぁんっ……⁉　んん……あぁっ……。このままでは……、任務に……集中できない……。ううぅ……」

「だったら、ここで性欲を思う存分発散しておいて、すっきりした気持ちで今日こそピュアメラをぶっ倒してやればいいだろ！」

「そっ、それは……、そうかも……知れないが……。ああ……うぅ……。はふぅんっ……」

まだ逡巡している素振りを見せるが、ベリスの秘孔はよだれを垂らして俺のものを欲しがっていた。

「そういうことだから――。いくぞっ！」

躊躇《ためら》いを吹き飛ばしてやるとばかりに、猛烈なピストンを開始する。

既に愛液で満たされていた蜜壺から、粘っこい音とともに熱い液体が飛び散った。

「あああぁっ!? ダメぇっ！ 太いのズポズポしないでっ……！ んんっ……、くふぅっ……。感じちゃうぅっ……。あぁあっ、ナカ……、気持ちいいっ……！ はぁ～～んっ……！」

ベリスは背中を反らせて、うっとりと悦びの声を発した。

「ほらみろ！ 最初っから感じまくりだ！ ベリスだって、ヤりたかったんじゃないか！」

「でっ、でも……、大事な……任務の前に……、部下と、こんなことを……。ううぅ……」

「その任務に集中するために、性欲を発散してるんだぜ！」

ベリスの身体を引き寄せながら、感じる穴を執拗にえぐってやる。

「はぁんっ……!? んんっ、ひぃっ……！ うぅ……、だが……こんな……。あぁあっ!? 破廉恥な行為に……うつつを抜かして……、ボスへの、忠義を疑われたら――。私は……。あぁうぅっ……！」

「さっきからボスのことばかりだな。嫉妬しちまうぜ！」

ふて腐れたように言って、硬い棒で膣の入り口をぐいぐい引っ掻く。

「ちっ、違うっ！ そうではない……！ 私は……、あなたの女になったのだから……」

ベリスは慌てて言った。

「だったら、俺とのセックスに集中しろよ！」

ベリスの身体を抱き寄せると、乱暴に唇を奪った。

そのまま舌をねじ込み、ベリスのそれに絡めてやる。

「んっ――!? んんっ、あんっ！ ふぁ……、れろ……。ちゅっ……。はぁ……。あああっ。どうして……。口で……繋がると……、もっと、おチンポを感じるっ！」

口内を刺激されてさらに発情したベリスの秘孔から、大量の愛液が滴った。

潤滑油を得て動きの大きくなった肉棒が、膣壁を力強くなぞり上げる。

「んんむっ……、はぁ……。あぁんっ！ くふぅっ……。おチンポ……、どんどん……激しく――。んっ、ちゅ……、ぷはっ。ああ……、はぁんっ……！」

「乗ってきたみたいだな！ もうやめたいだなんて、言えないだろ！」

「いっ、言わないっ……！ そんなこと……、最初から……思ってない……！ ――ん……はふっ。ちゅぱっ……。んんれろっ……。はぁ……。あんっ……！」

キスをしながら互いに腰を振るうと、快感と興奮がますます高まってゆく。

抽送の勢いが増し、いきり立った剛棒が熱く燃える肉洞のあちこちを突き回した。

「あぁ～～んっ……!? はぁ……、あんっ……！ 奥に……、ずんずんくるっ……！ お……、おチンポ――。あああっ、感じるっ！ んふぅっ……。はぁ……、ちゅ……。んちゅっ……。んん……。キスも……、おチンポも……、もっと欲しいっ……！」

俺の口に吸い付き、同時にそそり勃ちを収めた膣を引き絞った。

ベリスはいまや、任務や組織のことなど完全に忘れ、ひたすらに快楽を貪ろうとしていた。

「俺も、ベリスのオマンコが、もっと欲しいっ！　ナカにたっぷり出して、孕ませてやりたいっ！」

ベリスの勢いに釣られるように、絶頂に向けて小刻みの抽送を繰り出す。

「んっちゅ……。はむっ……れろ……。はぁ……。きてっ！　子宮に、ドロドロザーメン注いでっ！　ナカをいっぱいにしてっ！　——んんっ、ちゅ……じゅるっ。ふぁ……、あんっ……！　はぁぁんっ……！」

ベリスの肉壁が射精への期待にざわざわと蠢《うごめ》き、俺の先っぽをくすぐる。

肉ヒダで引っ掻かれた亀頭から、心地いい刺激が股間に響いた。

「おおおおっ——！　出すぞっっ!!」

鈴口がチリチリと疼いたかと思うと、肉筒から熱い欲望が発射された。

「ああ〜〜っ!?　きてるっ……！　ザーメン……入ってくるっ……！　あ……ひぃんっ……!?　奥で……感じるっ！　んんっ……。きっ、気持ちいいっ！　はぁ……。いい……イクっ——！　イクイクっ！　あはぁ〜んっっ……!?」

高らかに悦びの声を発し、ベリスは全身を打ち震わせる。

「うおおっ！　まだまだっっ……!!」

腰をガクガクと跳ね動かし、滾った液体を立て続けにベリスの子宮内に打ち上げてやった。

「ひぅうっ……!? どんどんくるっ! あああっ、熱いっ! ドロドロしたの、いっぱい出てるっ! んんふっ……、んくっ……。ああ、すごいっ……! はぁふっ……。はぁっ。あぁ~~~んっっ……!!」

よがりたくったベリスが、絶叫すると同時に仰け反るようにしておとがいを突き出したとき、股間から潮が噴き上がった。

「ふぁ……。あああ……。い、イッた……。ああぁ……。しゅごい……。んん……、ちゅ……。ぷはぁ……。あふぅ……」

小さく身体を痙攣《けいれん》させ、絶頂の余韻に喘ぎながら、ベリスは俺の口を貪り続ける。

「んっ……。お、おい、いいのか? 任務に遅刻しちまうぜ?」

「まだ……、発散できてない……。だから、まだ行くわけには――。……んん……はふ……。ちゅぱっ……。そっ、それもこれも……、あなたの……、貴様の……せいだからな……。しっかり、責任を取れ……。はむっ……ちゅるっ……」

「仕方ないな……」

かく言う俺も、まだまだ股間の疼きが収まる気がしなかった。

その日俺たちは結局、本当に時間ギリギリになるまで、性欲を発散させ続けた。

こうしてベリス様——、ベリスが俺の女になったことは、プライベートだけでなく、世界を革命するという野望のほうにもメリットをもたらした。

ベリスが俺の言うことを素直に聞き入れるようになったので、遂に脳筋正面突破作戦以外の計画を認めさせることができたのだ。

今日俺が、とある女学園の通学路に身を潜めているのも、その新たに立案された計画の一環だった。

決していやらしい目的で女子校をじろじろ眺めているわけではない。

俺がいま監視しているのは、ピュアメラ——変身前のピュアメラが通っている学園だ。

お嬢様学校ということもあって警備は厳重で、直接襲撃するのは難しそうだが、ピュアメラを監視して弱点を探ることはできそうだった。

というか、正体を掴んでおきながら、いままでこうしなかったのが不思議でならない。

脳筋ベリス様のことだから、飽くまで戦場での対決に拘ったのかも知れないが……。

この情報をもっと早く俺たちにまで降ろしてくれていたら、有志を募って独自に情報収集活動をすることもできたろうに。

まあそれは、いま言っても仕方のないことだった。

こうして搦め手の作戦を実行する気になってくれただけでも、よしとしておこう。渋々認めた感じではあったけど……。

「やっぱり脳筋ベリス様は、どこまでいっても脳筋なんだなぁ……」

溜め息まじりにつぶやく。

「ん？　呼んだか？　どうだ、張り込みのほうは」

声に振り返ると、そこにはベリスが立っていた。

気配を完全に消していたようで、言葉をかけられるまでいることに気が付かなかった。

「えっ？　ベリス様？　どうしてここに……」

「それは……、視察だっ。決して貴様の顔を見に来たわけではないぞっ。貴様の当番が早い時間だったたから、朝礼のときに顔が見えなくて寂しかったとか、そんなことではないからなっ」

「は、はあ……」

つまりはそういうことらしい。なんともかわいいやつだ……。

「それで……、成果のほうはどうだ？」

「あっ、はいっ。ピュアメラの友人らしき生徒を、何名かリストアップできました。人質として使えるかも知れません」

「そうか。それは、役立つ情報だな。その調子で監視を続けるように」

「はいっ……」

「うむ……」

それで話は終わったはずなのだけれど――。

なぜだかベリスは一向に帰ろうとしない。

小さく首をかしげながら、そこから見える学園をじっと眺めている。

「どうかしましたか……？」

嫌な予感を覚えつつ、おずおずと尋ねた。

「いや……、なんというか……。すぐそこにやつらがいるのだから、こんなところから見ていないで、さっさと突っ込んで行けばいいのではないか？」

「だだだ、ダメですよっ！　それで上手くいったためしがないから、こうして情報収集からやり直してるんですっ！」

俺は慌てて止めた。やっぱりというか、ベリスはこの作戦に納得がいっていなかったようだ。

いままでずっと、真正面から正々堂々と正義の陣営と渡り合ってきたので、無理からぬことなのかも知れないが。

だからといって、ここで作戦をぶち壊されてはたまらない。

「そ、そうだったな……。私はどうにも、こういう回りくどいやり方は苦手で……」

ベリスはばつが悪そうに視線を逸らし、もじもじ身体を揺すりながら言った。

ほかの部下の前では見せない、かわいらしい仕草。

眺めていると、先刻までの呆れや苛立ちはどこかへ消え去り、微笑ましい気持ちになってくる。

「ど、どうした……？」

俺の視線に気付いたのか、ベリスが不思議そうに尋ねる。

「なんでもない。ベリスはかわいいなと思っただけさ」

俺は感じたままを答えた。

「ななな、なにを言っているっ！　任務中は……そういうのは禁止のはずだっ」

ベリスは途端に顔を赤くして、あたふたと胸の前で小さく手を振り動かした。

「でもいまは、俺たちふたりきりだぜ？」

俺に言われて、ベリスは辺りに目を配った。

「そっ、それも……そうだな……」

「だろ……？」

言いながらベリスに近付き、身体に手を回す。

「ああぁっ——？　こんなところで……、なにをする……。…………んふぅ〜んっ……」

感じるところを愛撫してやると、ベリスの口からすぐに色っぽい声が漏れ出た。

「こ、こら……。ピュアメラどもの……監視はどうした……」

ベリスは快感に悶えながらも、まだ上官らしく振る舞おうとしている。

「あいつらはいま授業中だから、特別な動きをしたりはしないさ。代わりに俺たちが、特別なことをしようぜ」

耳元で囁《ささや》き、身体をまさぐり続ける。

「んん……ふあぁ……。し、しかし……、こんな……街中で……」

「こんなところに誰も来やしないさ。だから監視のための隠れ場所になってるんだぜ？」

「確かに……、そうだが……」

やっぱり任務のことが気になるのか、ベリスはまだ渋っている。

「だったら、そのエロいおっぱいで抜いてくれよ。アソコが疼いたままじゃ、監視に集中できない。それもこれも、ベリスがエロい身体を見せ付けてくるから悪いんだぞ？」

「そっ、それは——、一大事だな。うむ……。ならば、しょうがない……」

ベリスはすぐに乗ってきた。

わざわざ俺に会いに出向いてきたわけだし、少しはそういう期待もあったに違いない。

「たっ、ただし……、誰かに見付かりそうになったら、すぐにやめるからな？」

そう言いながらも、いそいそと俺の前に跪《ひざまず》くと、躊躇うことなく巨大な胸を露わにする。

たわわに実った肉の果実を両手で抱え上げ、鼻先に突き付けられた剛直に身体を寄せてきた。

「んっ……。こ、これで……、いいのか……？」

敏感な棒で温かな空気を感じたと思った刹那、股間の先がふわっとした肉布団に包まれた。

「おおおおっ⁉　チンポが飲み込まれるっ――――！」

俺のイチモツは、脂肪の海の中に瞬く間に沈んでいった。

「あ……ああっ……。おチンポ熱い……。ドクドク脈打つのが……、伝わってくる……」

ベリスはくすぐったそうに身体をもじもじさせた。

肉乳がふんわりと揺れ動き、俺のそそり勃ちが幸せな谷間でしごかれる。

じんじんと響いた快感に俺自身が打ち震え、脂肪の球を波打たせた。

「うっ、動いたっ――――！　気持ち……よかったのか……？」

驚いた声を上げたあとで、ベリスがおずおずと尋ねる。

「そ、そうだ。そのまま、動かして……」

身体の先から伝わってくる心地いい刺激に浸りながら、ベリスに指示をする。

「こう……すれば……、いいのか？」

ベリスはおぼつかない手付きで、俺のものを挟み込んだ自らの双丘を揉み上げた。

「ああっ……。か、硬いチンポが……、食い込んでくる……。んん……ああ……、はふぅ……。あんっ……」

初めての刺激に戸惑った様子を見せながら、かわいらしい喘ぎを漏らす。

「ふぅ……。ああ……。おチンポが……、胸の奥を……ぐいぐいすると――。んふぅ……。

変な……、気分に……。――んっ……、はふ……。くぅ……。あ……、あんっ……！」

　硬い棒で敏感な膨らみを刺激されたベリスの身体は次第に火照り、肌に汗がにじんでいた。

　汗ばんだ乳肉が俺のものに張り付いて、竿をしごき上げる感触が強くなる。

「あぁんっ……！　おチンポ……、また……、ビュクビュクと……脈打ってる……。はぁ……。揺さぶられると……、胸の中が……ぞわぞわする……。うぅ……。胸の……、奥のほうが……疼いて……、もっと……、ここに、硬いやつを……、食い込ませたくなるっ……」

　呼吸を荒らげるベリスの手に力が籠もるのを感じた。

「はぁ……。ああ……。こんな……、ところで……、こんな……恥ずかしいことを、していると……いうのに……。くぅ……。やっ、やめられ……ない……。あぁはんっ……」

羞恥《しゅうち》に顔を赤くしながらも、ベリスは行為を続ける。

「ど、どうだ……？　貴様──、あなた……の……、おチンポは……、気持ちいいか？」

こちらを上目遣いに見て尋ねた。

その仕草がなんとも健気で、いじらしくて──。

ぞくぞくっと興奮が込み上げてくると同時に、意地悪をしたい欲求が俺の中に沸き起こる。

「気持ちいいけど、まだまだ刺激が足りないぞ」

そう言って、ベリスの爆乳を引っぱたく。

「あんっ──!?　うぅっ……。な、なにをする……。あ……、あんっ！　またっ……」

平手で叩かれた肉乳が、俺のものを巻き込みながらダイナミックに揺れ動いた。

「こうされると、ベリスも気持ちいいだろ？　嬉しそうな声を上げてたぜ」

そう言って、たわわな膨らみにビンタを続け様に浴びせてやる。

「ひゃんっ……!?　わっ、私は……、叩かれて……悦ぶような、変態ではないっ……！　んっ……、あぁんっ……!?　やっ、やめろっ──。ひゃぅっ……！」

「ほら、色っぽい声を上げてるじゃないか。やっぱりマゾっ気があるんだな」

「ちっ、違う……。そうでは……、なくて……。これは……。──ああっ、はぁんっ……！

あひんっ……!?」

叩く手と食い込む剛棒でおっぱいを刺激され、ベリスは悶えながら嬌声を上げた。

「うぅ……。声が……。監視の、任務中だと……、いうのに……。あぁあ……。はぁんっ……！　こんなことをしていては、気付かれて……しまう……」

そう言いつつも、ベリスは手を止めない。俺たちの愛し合う姿を、ピュアメラたちに見せ付けていたが、あいつらも動揺して、隙を見せるかも知れないぞ」

「見付かったっていいじゃないか。俺たちの愛し合う姿を、ピュアメラたちに見せ付けてやれ。あいつらも動揺して、隙を見せるかも知れないぞ」

「みっ、見せ付ける……だと……？　あの小娘どもに……？」

言われて戸惑いの表情を浮かべたが、学園のほうにチラッと視線を泳がせたあとで、どこかうっとりした笑みをこぼす。

もしかして、本当にそうしてやりたいとか思ってたりして？

このあいだ『行き遅れ』と言われたのを根に持ってたみたいだし……。

倒錯的な興奮に目覚めたのか、ベリスの手付きがいきなり激しさを増した。

「はぁ……。くぅっ……。と、とにかく……、あなたの……おチンポを……、満足させると決めたのだから……。——んっ、ふぅ……。はぁ……。あぁ……、はふぅっ……」

「おおおっ、すごいぞっ——！　さっきまでの何倍も気持ちよくなった！」

俺の先っぽは肉乳の中で揉みくちゃにされ、竿に張り付く肌がカリや裏スジをガシガシしごいていた。

「ああっ……！　おチンポが……、嬉しそうに……震えてる……。ううぅ……。胸の奥の、うずうずが……、どんどん……、激しくなって——。はぁ……。あぁん……。もっと……、硬いおチンポで……、ぐりぐりしたくなるっ……！」

胸の膨らみを力強く掻き上げながら、ベリスがもどかしそうに身体を揺さぶった。

「おおっ!?　いまの……、いいぞっ！　もっとそうやって、チンポを食い込ませろ！」

「いっ、いいのか……？　これが、いいのだなっ!?　——っ……くぅ……。はあ……。あぁんっ……！　硬いおチンポ……、ああぁっ……、おっぱいの……中を……、ぐりぐりしてくるっ……！　んんっ、はふぅっ……！」

谷間で暴れたくる剛棒の勢いに驚いたように、ベリスの乳首がぴんと飛び出ているのが見えた。

そそる光景を目にすると下半身を興奮が駆け巡り、鈴口から先走りの液体が迸《ほとばし》る。

「ああっ……。透明な汁が……、出てきた……。ふぅ……。きっ、気持ちいいんだな？　も、もうすぐ……、出るのか……？」

期待を顔に漲《みなぎ》らせ、ベリスはさらに手付きを激しくした。

「あああっ！　食い込むっ——！　おチンポ……、胸にっ……。ううぅっ……。ぞわぞわするっ……！　も、もっと……、胸を……。はぁんっ……!?　もっとここを……、ぐりぐりって……したいっ……！」

俺のものを肉乳に深々と埋めながら、両手でたくし上げた胸を力いっぱい揉みたくる。

「うおおっ！　もげちまいそうだっ――！」

強くしごかれた先端が、燃えるように疼いた。

痺れにも似た快感が股間に響き、俺自身がビクビクのたくる。

「ああっ……!?　おチンポも、気持ちよさそうだっ――！　はふぅ……。い、いっしょに……、気持ちよく……なれてる……。うぅ……。な、なんだ……、この感覚は……。ああっ……、もっと、感じたい……。感じさせたいっ……！」

興奮を露わにして叫び、身体ぜんぶを使って俺のものをしごき上げた。

「ああっ！　擦れるっ――。くぅっ……。い、いいぞっ、ベリス！　その調子だ！」

「はぁっ……。はぁ……、ふぅっ……。ああ……。おチンポ……、ビュクビュク震えてる……。くふぅっ……。こんなに……、めちゃくちゃしてるのに……、痛くない……。うぅ……。きっ、気持ちいいっ……。あああっ、もっと……。んくっ……。あ……あぁんっ……！」

肌の擦れる激しい音を立ててしごかれた肉竿が、先走りの液体を飛び散らせながら大きく脈打つ。

「くうぅっ――！　でっ、出そうだっ……！」

俺が言うと、ベリスはスパートをかけるように手の動きを加速させる。

「出せっ！　溜まった精子、私のおっぱいに、ぜんぶっ……！」

乳肉をたくし寄せ、悦び喘ぐ肉の棒をとどめとばかりにしごきたくった。

「うおおおっっ…………!!」

腰がガクガク震え、白い欲望が弾ける。

「あぁんっ……!?　んんっ、ああ……熱いっ！　ひゃぁんっ……!?　ザーメンいっぱい出

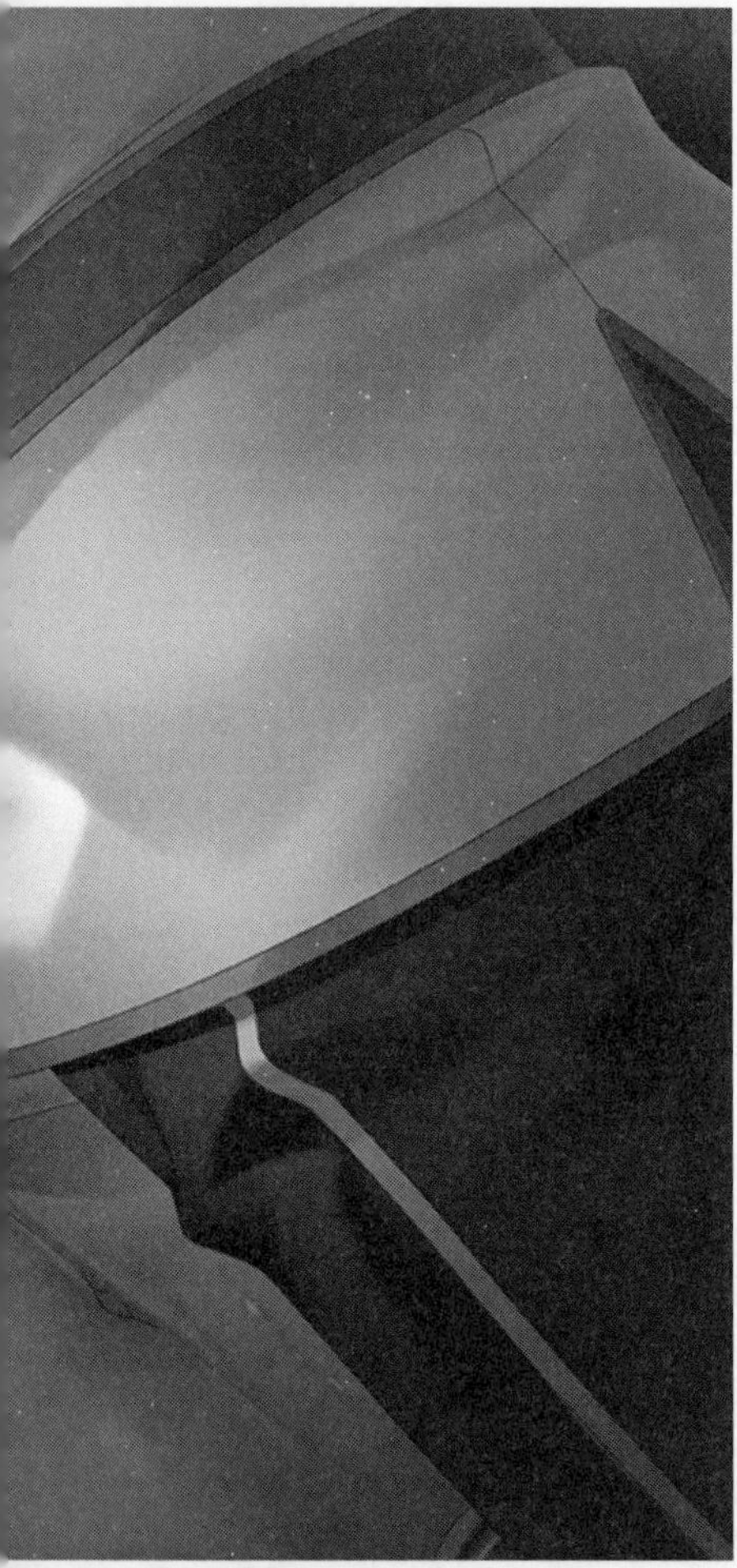

たっ！　──あああっ⁉　すごい……勢い……。はぁんっ……！」

　大量に発射された精液が、ベリスの谷間から白いマグマのように噴き上がる。

「あああんっ！　垂れてるっ……！　熱いの……ドロドロって──！　んんふぅっ……。おっぱいで感じるっ……。私も……、いっ、イクぅっ……‼」

　総身を激しく痙攣させ、ベリスも絶頂を迎えた。

「……あぁ……。はぁ……。うぅ……。お……、おチンポ……、すご……かった……。はぁ……」

　駆け巡った快楽の余韻に浸るように身体を震わせながら、熱い吐息を漏らす。

「ベリスのパイズリが気持ちよすぎて、こんなに出ちまったぜ……」

　激しい射精の反動で、股間が筋肉痛のような疼きを帯びていた。

「そ、そうか……。満足……したんだな……？」

　ベリスが俺を見上げて訊いた。

「ああ……。本気で出しちまったぜ……」

　最初はちょっとしたお遊びのつもりだったのに……。

「ベリスはマンコだけじゃなくて、おっぱいも最高だな」

「そっ、それは……よかった……。私も……、おチンポで、すごく気持ちよくなれたが……」

ベリスは嬉しそうに言ってから、自分の胸元に目を落とし、悲しげな顔付きになる。

「どうした？」

「うぅ……。これでは、任務を続けられそうもない……」

ベリスのコスチュームには、俺が撒き散らした白濁がべっとりとこびりついていた。

その光景はやたらと俺の興奮を煽り、また股間がムズムズし始める。

ベリスはベリスで秘めやかな場所が疼くのか、さっきから足を小さくもじもじさせていた。

「どうせ任務ができないのなら、アジトに戻って続きをやるか？」

俺が言葉をかけると、ベリスはぱっと顔を上げる。

「あっ、アジトでまた……、破廉恥なことをするつもりか？」

非難がましく言うが、その表情には期待と興奮が分かりやすく浮かんでいた。

「でも俺は交代までここにいなきゃいけないから、ベリスは先に戻って待っていてくれ」

「あ、ああ。分かった！」

ベリスは待ちきれないといった様子で、すぐに立ち上がる。

「その格好のままで待ってるんだぞ？　拭いたりせずにな」

「なっ、なにっ!?　こんな姿のままで、帰れと言うのか……？」

困惑顔のベリスは、いまさら人目を気にするみたいに視線をきょろきょろさせた。

「そのほうが興奮するだろ？」

「そっ、そう……なのか……？」

「ああ」と言って、俺は大きく頷いてみせた。

「そのままでいれば、いまの興奮を思い出して、激しいセックスができるに違いない」

「はっ、激しい――。……そっ、そうか……。あ、あなたが……そう言うのなら……」

ベリスはうっとりしながら返事をし、本当にそのままの格好でアジトへと帰っていった。

そのあともちろん、俺たちがアジトでひと晩中ハメまくったのは言うまでもない。


そんなこんなで、ベリスは着実に俺の女になっていった。

……のだが――。

訓練のときとなると、相変わらずで……。

「情報収集も捗り、ピュアメラとの決戦も近いだろう。きたるその日に備えるために、特別メニューを用意した。貴様ら、覚悟して臨め！」

訓練場にベリスの声が響く。

「内容はいつもより厳しいかも知れぬが、これを乗り越えたとき、お前たちは格段に強くなっているはずだ！　最後まで音を上げずに付いてこい！」

「ギ……、ギィーーッ!!」

表情に不安を湛えながら、戦闘員たちが震える声で返事をする。

そしてその不安は見事に的中し、訓練開始から半時間も経たないうちに部隊のほとんどの者が医務室送りになったのだった。

最初の段階で脱落した俺はまだ被害が少なかったが、下手に根性を見せてしまった者は怪我や疲労で当分立ち上がれないだろう。

ベリス隊はピュアメラとの決戦を待たずに壊滅状態となった。

「おかしい……。どうしてこうなってしまうのだ……」

作戦開始前に失敗するという前代未聞の事態。

さすがのベリスもショックが大きかったらしく、私室に戻るなりがっくりと肩を落としてうなだれた。

「あれはどう考えてもやりすぎだ」

医務室で寝込んでいる仲間たちを代表して、俺は苦言を呈する。

「皆に早く強くなってもらいたい一心で考えた訓練メニューだったのだが……」

「最強無敵の自分を基準にしていたら、下っ端戦闘員はまったく付いていけない」

「そ、そんな……。最強無敵だなどと……」

ベリスはもじもじと身体を揺すりながら、頬をぽっと赤らめた。

これっぽっちも褒めたつもりはなかったんだけどな……。

「ベリスは一度、手酷くやられる側の気持ちも分かっておいたほうがいいな」

「な、なんだっ――？　ひゃんっ……！」

身体をまさぐりながら、ベリスを床に押し倒す。

「俺からも、ベリスに特別メニューを課してやるぞ」

抵抗しないベリスの服に手をかけ、秘所を露わにしてやる。

「どっ、どんな特訓をするというのだ……？――ああっ。お、おいっ……！　どこを……触っている……。んんんっ……」

俺の指が後ろの穴を撫でると、ベリスはブルブルッとくすぐったそうに身体を震わせた。

「ふうん。こっちの穴も、いい色してるな。使い込まれてない、新品の色だ」

「なっ、なんのことを言っている？　おかしなところを……、触るな……。んふぅっ……！　ひゃう……。くっ、くすぐったい……。そっ、そっちは……違う穴だっ……！　ううぅ……」

恥ずかしがりながら悶えるベリスを見ていると、興奮が込み上げてくる。

「違わないぞ。こっちで合ってる」

訓練でたっぷりしごかれた仕返しも込めて、かわいらしいおちょぼ口を指先でさらにこねくり回す。

「んんっ……。ああ……、ダメ……。んぅ……。むっ、ムズムズするっ……。はぁ……」

ベリスは刺激に耐えようとしているが、身体は敏感に反応する。

「ベリスはお尻が弱いんだな。これは訓練のし甲斐があるぞ」

「い、いったい……、どんな訓練をするというのだ……？」

困惑した顔で尋ねた。

「そうだな。手始めに、こういうのはどうだ？」

言うなり、ベリスのお尻を平手で引っぱたいてやった。

「あぁんっ……！」

乾いた音が響くと同時に、ベリスが甲高い悲鳴を上げる。

俺は構わず、ベリスのムッチリたっぷりのお尻に、立て続けに平手打ちを浴びせた。

「あんっ！　ひゃんっ!?　んひぃっ……!?　なっ、なにをする――。あぁんっ……！」

「さすがマゾらしく感度がいいな。堪

えるよりも、そっちのほうに伸ばしていくのがいいんじゃないか？」

「そ、そっちとは——。ああんっ……⁉　なんのことだっ——。ひぃんっ……！」

「ケツで感じられるようになれってことだ！」

言って、ベリスの尻肉を乱打する。

「あひんっ⁉　あんっ！　あぁんっ……！　ヒリヒリするっ……！　んひゃんっ……⁉　あぁ〜〜んっ……！」

早くもベリスの悲鳴が色を帯び始める。

お尻の穴も刺激に反応し、ヒクヒクと蠢いていた。

「おっ？　こっちの口が、物欲しそうにしてるぞ？」

俺はすかさず、ベリスの後ろの門に指をねじ込んでゆく。

「ふあああっ……⁉　なっ、なにを……しているっ？　そんなところに……、指を……挿れたら……。ああぐぅっ……。きっ、汚いでは……ないかぁっ……！」

ベリスの慌てた声が聞こえた。

「ベリスはここを汚くしてるのか？」

「そっ、そんなわけないだろっ！　きちんと洗っている！」

「だったら、平気さ」

菊門の中に指をずぶずぶと押し込んで、硬い肉の内側をまさぐってやる。

　ふわふわとした温かな腸の粘膜を指先に感じた。

「ひいいっ!? 　やっ、やめろぉっ――！　んくっ……。ふぁあっ……。変な……、感じがするっ……。あああっ。ダメぇっ……！」

　むず痒そうに震えるベリスの肛肉がキュッとすぼまった。

「おっ。締め付けてくるぞ。前の穴よりも具合がよさそうだなぁ」

　穴の入り口を擦りながら、指をさらに突き挿れ、腸内を引っ掻き回す。

「あぁっ!? 　そんなに……、動かすなっ……！　あぁぅっ……。指を……、はっきり感じる……。んふぅっ……」

「へえ。こっちの穴も敏感なんだな。ナカもぬるぬるしてるぞ。感じると、後ろの穴も濡れるのか？」

　温かく湿った穴の中で指を動かすたびに、粘っこい感触が増してゆくようだった。

「わっ、私は……、感じてなど――。……くぅぅっ……。はぁ……。あふぅっ……。んんっ……」

「本当にそうか？ 　さっきから俺の指を食べようとしてるみたいに、ナカがうねってるぞ」

「うぅ……。そ、そんなこと……、ない……」

　ベリスはこの期に及んでまだ、お尻の穴で感じていることを認めようとしない。

「もっと太いものを突っ込んでやったら、気持ちよくなるか？」

俺は言うと、近くに置いてあったベリスの鞭を取り上げた。

「あああっ!? そんなものを……、どうするつもりだ……」

いつになく怯えた声でベリスが訊いた。

「こうするに決まってるだろ！」

勢いを付けて、鞭の柄を後ろの入り口に突き立ててやった。

「ああぐぅっ……!?」

ベリスがくぐもった悲鳴を上げ、下半身を苦しそうに震わせる。

だが、指で存分に揉みほぐしてあったベリスの肛門は、太い棒をいとも容易く飲み込んだ。

「ほうら。入ったぞ」

「んんふぅっ……！ ぬっ、抜いてくれっ……！ あああっ……ぐぅ……。ボスから授かった大切な武器を……、そんなところに……。ううぅ……、んくぅっ……！」

こちらを睨みながら、抗議の声を上げる。

「そんなこと言って、しっかり咥え込んで放さないぜ？」

「あああっ、やめろぉっ……！ んふっ……、くぅっ……。あああっ。いうっ……！ こっ、擦れるっ……。ああ～～っ……！」

突き挿れた棒をぐりぐり動かしてやると、ベリスは情けなく身悶えした。

「なんだか尻尾が生えたみたいでかわいいな」

言ってやると、ベリスはぷいっと顔を背けた。

「そっ、そんな褒められ方をしても……、ちっとも嬉しくないっ……。早く、それを抜けっ！」

ちょっとしたことで褒められたと思って照れる仕草をするのが、なんとも言えずかわいらしい。

──が、だからといって手加減はしない。

医務室送りになった仲間の仇はまだ取っていないし、ここで徹底的に分からせておかないと、訓練メニューの改善も望めないのだ。

「ふうん、そうか。こいつはお気に召さなかったようだな」

「あああんっ──!?」

鞭を肛門から一気に引っこ抜いてやると、ベリスは甲高い声を上げて身を震わせた。

「くふっ……。うぅ……。や、やっと……。……はぁ……。ああうぅ……」

ベリスの後ろの穴は、太い棒が引き抜かれたあとも、ぽっかりと口を開けてヒクヒク蠢いている。

「ようし。これなら入りそうだ」

俺はガチガチにいきり勃った股間のものを取り出すと、ベリスに身を寄せてゆく。

「お、おい……。まさか、貴様──。あなた……。ああぁっ……!? そっ、それを……、挿れるつもりなのか？」

「当たり前だろ。ずっと我慢してたんだぜ！」

逃げようとしたベリスのお尻を掴んで支えると、間髪を容れずに腰を突き出した。

「あぁぁぐぅっ——!! んひっ!? あぁっ……、太いっ！ んんっ、はぁ……。鞭より——。あぁあっ、お尻が燃えるっ……!? ヒリヒリするっ……！ あ……くぅっ……!?」

ベリスがおとがいを突き出して苦しそうな声を上げる。

「うおおおっ！ 締め付けすげえっ……！」

衝撃にすぼまった肉門が、俺の先端を食い千切らんばかりに搾り上げてきた。

負けじといきり立ったイチモツが、ベリスの腸肉をぐいぐい押し戻す。

体内の熱に慣れると、ぬるぬるとした柔らかな粘膜が敏感な棒の先を優しく撫でるのを感じた。

「あふっ……。あぁっ、あんっ!? おっ、おかしいっ……、こんなの……。ううぐぅ……。そんなところに……、挿れるなど……。ふあぁっ!? ぐぅっ……！」

「そうか？ ケツの中はチンポにぎゅうぎゅうしがみついてくるし、もっと欲しがってるみたいだぞ」

「そっ、そんなこと……あるものかっ！」

「いい加減認めて、素直になったらどうだ？ この、身体みたいにっ！」

言いながら、お尻を引っぱたいてやる。

「あぁんっ!?　また、そんなふうに――。はふぅんっ……!?　くうっ……。たっ、叩くなぁっ……！」

「こうすると気持ちいいんだろ？」

俺はやめるどころか、さらに平手打ちをお見舞いする。

「んひっ!?　ひゃふんっ！　ああっ、あんっ……！　痺れるっ……!?　んんっ、くふぅっ……」

刺激を受けるたびに剛直を咥え込んだ後ろの穴が痙攣し、竿をくすぐる。

俺自身を包み込んだ腸肉もふわふわと蠢いて、感じる棒を舐め回していた。

「ほら見ろ。お前のケツは、嬉しそうにしてるぞ！」

「くふぅっ……。そ、そんな……。あああっ!?　あんっ……！　硬いのが……、動いてる……うぅ……。あぁくぅっ……！　そうやって……、ナカを……突かれると……。はぁ……」

「突かれると、なんなんだ？」

先の言葉を促しながら、抽送を繰り出す。

「ひんっ……!?　ああっ、はんっ……！　んくぅっ……。お尻……、ズンズンされると……、前の穴に……響くっ……。オマンコに……。あぁんっ……!?」

ベリスの下半身がもどかしそうに揺すられる。

見ると、秘孔から溢れた大量の蜜液が、ベリスの足を伝っていた。

「やっぱり感じてたんじゃないか！」

俺はますます勢いを付けて、ベリスの後ろの穴を硬い棒でまさぐる。

ふんわりとした中に硬さのある腸肉がそそり勃ちを包み込んでうねる、膣とはまた違った刺激がぞわぞわと股間に響き渡った。

「はぁんっ……⁉　どうして……、お尻で……こんな気持ちに……。——ああぁっ。感じ……てる……。お尻でされてっ……！　ふあぁっ……。あひんっ……⁉　ひぃんっ……！」

「どうしてって——、そんなの、ベリスがマゾだからに決まってるだろ！　ほら、ケツの穴まで濡れてきてるぞっ！」

腸壁から染み出た粘液を纏《まと》った肉棒が、体内を転げ回るようにしてあちこちを突き上げる。

「あんっ⁉　あうぅっ……、くぅっ……！　ほんとに……、感じてるっ……。あぁあっ、そんな……。違う……のにっ……。はぁんっ……！　お尻……、気持ちいいっ……。はふ……。あんっ……！　あはぁ〜〜んっ……！」

遂に感じていることを認めると、自分からも下半身を前後に揺すって俺のものに食らい付いてきた。

「おおおっ⁉　飲み込まれるっっ——！」

互いの動きが合わさって、ストロークが大きくなる。

俺のものはベリスの腸内に深々と潜り込み、根元まですっぽりと穴の中に収まった。

「んひぃぃっ……⁉　太いのきてるっ——！　お尻の穴……、広がってるっ……！」

「くうっ！　あっ、熱いっ……！」

竿全体が燃えるような熱を帯びた腸肉に包まれ、身体の先がヒリヒリ疼く。

「あんっ……!?　ああっ、おチンポが……、ナカで震えてるっ――。はぁぁっ……。感じるっ！　くふぅっ……。お腹に……、オマンコに……、じんじん響いてくるっ……！」

ベリスは快感を噛み締めるように、ぞくぞくっと身震いした。

引っ張られた俺のものが、お尻の穴でゴリゴリしごかれる。

「くっ――。うぅっ……。ケツの穴で搾り取られそうだっ！」

素早く腰を振るい、心地いい刺激を繰り返し味わう。

俺自身が悦びに打ち震え、ベリスの肉門を拡張しながら大きく脈打った。

「動いてるっ……！　ドクドク……震えてるっ！　ああぁっ――!?　お尻にっ……、精液出されちゃうっ！　はああんっ……!!」

期待を募らせただけで軽く達したのか、ベリスが嬌声を上げて全身を痙攣させた。

「そんなにケツに出して欲しいのか!?」

「欲しいっ！　ザーメン、お尻に欲しいっ！」

俺の問いかけに、ベリスは即座に答えた。

「ようしっ！　いま注いでやるからなっ！」

射精に向けて抽送を小刻みにしてゆく。

「ああああっ！　くるっ——！　お尻に出されちゃうっ！　ふあぁっ……。ああああっ⁉　はぁ〜〜〜んっ……！」

　ベリスが歓喜の声を上げ、アナルをきつく引き絞ったとき、俺の欲望が弾けた。

「あああ〜〜〜んっっ…………⁉　きてるっ！　精液……、お尻の穴にっ！」

　鈴口にひりつく刺激を残して、熱い塊がベリスの腸内に次々飛び出してゆく。

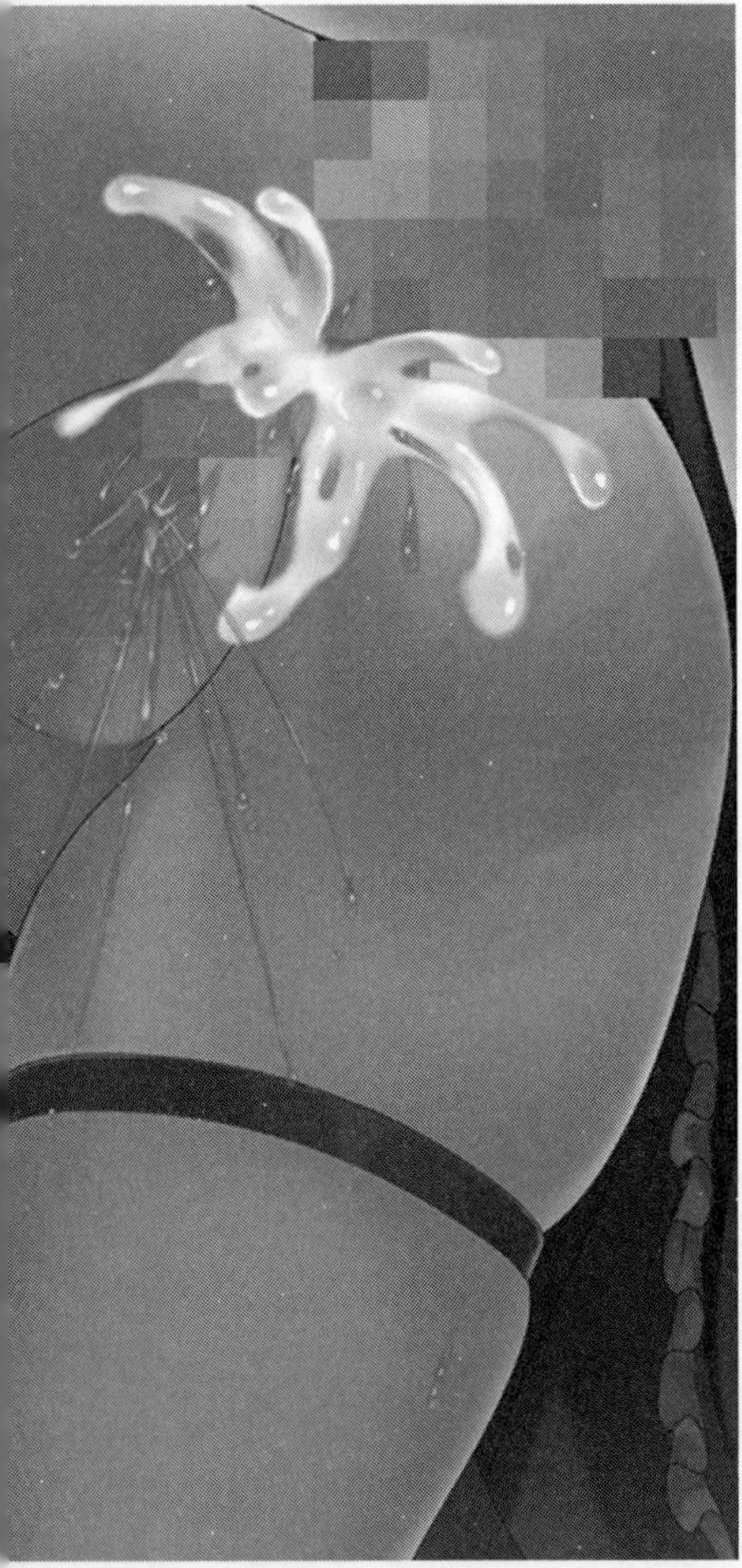

「んんっ……ふぅっ……。お腹の奥に……、当たってるっ！　熱いのが、びしゃびしゃって……！　――っ……あああっ！　しゅごいっ！　ザーメンいっぱいくるっ！　お尻が熱いぃっ……！」

腸の中で渦を巻いた大量の白濁が、肉棒との隙間から卑猥な音を立てて溢れ出た。

「ふあああっ！　垂れるっ……！　ドロドロザーメン……、流れてくっ……！　あああぁ、イクっ……！　あはぁ～～～んっっ………‼」

アナルから垂れた熱い滴りが前の穴に降りかかったとき、ベリスは総身をのたくらせて絶頂した。

「ひぐっ……！　あひっ……⁉　んあああっ！　くふっ……。お尻……すごいっ……。あああっ。またイクっ……！　あぁぁんっ……。イクぅっっ……‼」

跳ね動く股間から盛大に潮を噴き上げ、悦びに悶えたくった。

「どうだ！　こっちの穴も、なかなかよかっただろ！」

「す……、すご……かった……。あああ……。お尻……、いい……。……はふぅ……」

ベリスは朦朧《もうろう》となりながら、辛うじて言葉を返した。

「でも、穴の締め付けが足りなくて、ザーメンをこぼしちまうのは残念だな」

「うぅ……。だ、だって……、こんなにされたら、感じすぎて……、力が……入らない……」

弱々しい声を漏らしたベリスの後ろの穴は、まだヒクヒクと蠢いていた。

その姿に嗜虐心《しぎゃくしん》を煽られ、俺のイチモツがムックリと膨れ上がる。

「だったら、まだまだ特訓が必要みたいだな」

その言葉を聞いたベリスの顔が、嬉しそうに綻んだ。

「ああ……、いいぞ……。たっぷり訓練してくれ……！」

「望むところだ！」

俺はすぐさま抽送を再開させる。

そうして俺たちの『特訓』は、夜通し続いたのだった。


アナルを開発してやりながら、過度の訓練は逆効果だということを懇々と言い聞かせた甲斐あって、仕切り直しの作戦決行の前日には、我らがベリス隊の全員に休養が言い渡された。

いつもであれば作戦決行前の総仕上げとばかりにへとへとになるまで訓練させられ、それも計画失敗の要因のひとつとなっていたのだが、今回は万全の態勢で作戦に臨めそうだと、隊員誰もが胸を撫で下ろし、同時に脳筋ベリス様の突然の方針転換に驚いていた。

満を持して決行される作戦は、学園に登校途中の変身前のピュアメラを襲撃するというものだった。

監視の結果、ピュアメラのふたりは友人たちに正体を隠していることが分かった。つまりやつらは、近くにほかの生徒たちがいる前では変身できない。

人目の多い登校時間を狙えば、変身して正義の力を発揮される前にピュアメラたちを叩ける。

「これでやつらもお終いだ！　ふぁ～っはっはっは！」

次の作戦で使う新兵器の入った箱を俺に運ばせながら、ベリスは勝ち誇るように笑った。

だが、部屋に入った途端、自信に満ちた笑いは消え去り、訝《いぶか》しげな顔をして俺に尋ねてくる。

「しかし……、本当にこれでよかったのか？　作戦決行前だというのに、特訓をしないばかりか、休養を取らせるなど……」

「訓練で疲れ果てた状態じゃ、力を発揮できない。だからしっかり休ませたほうがいいんだ。いつもみたいに、前の日に徹夜で特訓なんて、もってのほかだ」

「たかが徹夜で特訓した程度で、疲れ果てるわけがないだろう」

ベリスは意味が分からないというように小首をかしげながら、とんでもないことをさらりとのたまう。

「無敵のベリス様を基準で考えないように。ベリスだって、ひと晩中ケツの穴を掘られたあとに、ピュアメラと戦うのはきついだろ？」

「ふむ……」

ベリスは小さく頷き、一度は納得しかけたのだが、

「それも訓練を重ねれば克服できるのではないか？　確かに最初はきつかったが、最近はむしろ、あなたのそれでいっぱいしてもらったあとのほうが、力が出る気がするぞ」

照れているのか悦びを思い出しているのか、ぽっと紅みの差した頬に両手を添えて、もじもじと身体を揺すりながら言う。

それからふいに真面目な顔付きに戻り、

「うむ……。やはり、特訓は必要なのでは――」

「とっ、とにかくっ！　無敵でない俺たち下っ端戦闘員には、休息が必要なんだ」

いまからでも訓練を始めると言い出しかねない方向に話が転がり出したので、慌てて軌道修正した。

「むぅ……。あなたがそう言うのなら……」

ベリスはひとまず承知してくれた。

「ゆっくり休んで力を温存しておけば、変身前のピュアメラなんか、ベリスが出張る間もなく俺たちの手でイチコロだ！」

「それも気に入らん」

ベリスは不満げに言った。

「変身前の小娘に勝ったところで、なんだというのだ。ピュアメラに変身したやつらを叩き

のめしてこそ、愚民どもにシャグラットの力を思い知らせることができるのではないか？」

それは至極もっともなご意見。だけど――。

「いまはとにかく、邪魔なピュアメラを排除することが最優先だ。あいつらさえいなくなれば、愚民どもを絶望させることなんて容易い。いくらでもシャグラットを恐れてくれるさ」

「ふむ。そうか……」

「そのために学園を監視して、計画を練ったんだろ？　作戦決行の間際になって、ぜんぶをひっくり返してどうする」

「それもそうだな。今回はなにしろ、新兵器まで用意したのだから！」

ベリスは俺に運ばせた箱を、嬉しそうに開け始めた。

まるで新しいおもちゃを与えられた子供のようで、ちょっとかわいい。

だが、箱の中から現れたのは、子供のおもちゃからは程遠い、卑猥な代物だった。

リュックサックのように背負って身体に装着する器具で、リュックサックの袋に当たる部分から、ブヨブヨした不気味な触手が何本も飛び出ている。

この粘つく触手で相手を絡め取って動きを封じる、その名も『触手マシーン』だ。

ネーミングがいささか残念なのは、シャグラット技術部が持てる頭脳のすべてを技術開発のほうに注ぎ込んでいるためだろう。

「これで捕まえてやれば、やつらは手も足も出まい！」

得意満面で触手をいじっていたベリスだったが、ふと悩ましげな表情を浮かべてつぶやく。

「しかし……、見れば見るほど頼りないな……。こんなもので、本当にピュアメラの動きを封じられるのか？　引っ張ったら千切れてしまいそうだ」

「心配なら、試してみるか？」

「ふむ。そうだな」

ベリスが触手マシーンをこちらに向けてきたので、慌てて手で遮《さえぎ》る。

「俺でやってもしょうがないだろ。自分で試すんだ。パワーだけならピュアメラよりも強いんだから、ベリスの力に耐えられるなら、ピュアメラは絶対に逃げられない」

「おお、そうだな！　やってみろ！」

ベリスは声を弾ませながら言い、装置を俺に寄越してきた。

新兵器を試すのが楽しくて仕方ないのか、目がキラキラしている。

「じゃあ、行くぞ？」

触手マシーンを装着し、ベリスと対峙する。

「来いっ！」

待ち構えるベリスに向けて、俺はマシーンの触手を伸ばした。

「ふんっ！」

ベリスは掛け声とともに横に飛び退き、触手をひらりと躱す。

「お、おい。避けるなよ」

「小娘たちがじっとしているわけがないだろう。ちょこまかと動くあいつらを捕まえられないようでは、役に立たん」

「それもそうか……」

変身前であったとしても、ピュアメラたちが大人しく捕らえられてくれるとは思えない。

「さあ、もう一度だ。どんどん来いっ！」

「ようし、行くぞっ！」

訓練場ほどではないが、そこそこ広い幹部用の私室の中を動き回るベリスに、さらに触手を差し向けた。

「ほっ――！　よっ――と……。……なんだ。ちっとも追い付けないではないか」

豊満な身体をしているくせに、ベリスは思いのほか素早い身のこなしで触手から逃げ回る。

装置を操る俺は、その動きに翻弄されるばかりだったが、シャグラット技術部の粋を集めて開発された触手マシーンは、すぐにベリスの動作を学習し、計算した未来位置に向けて何本もの触手を伸ばす。

「おおっ⁉」

そして遂に、ベリスを捕まえることに成功した。

「こっ、このっ――！　むっ……？　す、すごいぞっ！　びくともしないではないか！」

ベリスの怪力をものともせず、触手は見事に動きを封じてみせた。

「これならピュアメラも身動きひとつできないな」

もっともらしく頷きを返しながら言った。

「ああ。安心したぞ。では箱に戻そう。ほどいてくれ」

拘束されたままで満足げに言うベリスに、俺は無言で近付いてゆく。

「どうした？　お、おい……。なにをする……」

「いやあ……。実にいい光景だなと思って」

「なっ、なにを言ってるんだ……。……ああっ!?　まさか――」

俺がズボンの股間の辺りをまさぐっているのを見て、ベリスはようやく自分の置かれた状況を理解したみたいだった。

「これって、エロいことにも使えそうだよな」

「ばっ、馬鹿者っ！　我らがシャグラットの新兵器を、いかがわしい目的に使うなど……」

「でも、縛られてるベリスを見てたらムラムラして、抑えがきかないんだ」

「うぅ……。そんなふうに求められるのは嬉しいが……。だが……」

ベリスはほんのり頬を赤く染めて、視線を泳がせながらもじもじした。

「じゃあ、そういうことだから」

俺は言うなり、触手を操作してベリスの両手を縛り上げた。

「あっ——⁉　よ、よせっ……！　あああっ、そこは……！」

宙吊りにした状態で、別の触手を使ってさらに足まで持ち上げると、服をはだけさせて秘めやかな場所を露わにしてやる。

「お、おいっ、放せっ！」

ベリスは羞恥に顔を真っ赤にしながら、俺を睨んだ。

「自分でほどいてみたらどうだ？　ピュアメラだって暴れるに違いないし、耐久テストにはもってこいだろ」

「な、なるほど……」

ベリスは素直に納得した。

「こっ、このっ——！　んんっ。くぅ……。なっ、なかなか手強いな……。——あああっ？なんだっ⁉　締め付けが……強くなってくる……！」

「そりゃあ、暴れられたら触手だって抵抗するだろ」

「そ、そうか……。——んっ、このっ……！　離れろっ……！　うぅくっ……。ちっ、ちっともほどけん……！」

「早く逃げないと、挿れちまうぞ？」

言いながら、取り出した股間のものをベリスのアソコにあてがう。

「あっ⁉　なっ、なにを——！　いまは……そんなことをしてる場合では……。うぅぅっ

……。これは、ピュアメラを倒すための新兵器であって、決して……エッチな道具などでは――。……お、おいっ！　聞いているのか⁉」

慌てたベリスがもがけばもがくほど、触手は締め付けを強くしてゆく。

「ああんっ……⁉　どんどん……、食い込んで――。ん……くぅっ……！　あああ、きついっ……。ひぃんっ……⁉　擦れたところが……、じんじんするっ……！　はっ、早く……、ほどけと……言っている――。くふぅっ……」

「口では嫌がってるのに、身体は嬉しそうにしてるぜ。ほら、オマンコから、よだれが垂れてる」

湿り気を帯びた割れ目を、股間の先で突っつく。

粘っこい感触があって、かすかに水音が聞こえた。

「うぅ……。そ、そんなことは……、ない……ぞ……。ああふぅ……。こんな……ことをされて……、悦ぶなど……」

「本当か？」

いきり勃ちをクレバスに割り込ませると、太いものに押し出された愛液が竿を伝ってくる。

「ぐっしょりじゃねえか！　やっぱりベリスは、縛られて悦ぶドMなんだぜ！」

「ち、違うっ！　私は、そんなものではないっ……！　くぅっ……。こんな……、触手などで縛られて……。ああぅ……。悦ぶなんて……。んん……、はぁんっ……！」

しっかり感じているのに、そのことを認めようとしない。

「下の口は別のことを言ってるぜ？　本気汁を垂らして、すっかり発情してるじゃねえか！」

「そんな……。うぅぅっ……。わっ、私は……、そんなこと……。決して……、ドMなどでは……」

「だったら、俺がそのことを証明してやるぜ！」

言うが早いか、腰をぐいっと突き上げて、膨れた欲棒をベリスの膣内に叩き込んだ。

「あああ～～っ!?　きてるっ……！　太くて硬いおチンポが……。うぅくっ……。はふぅっ……！　ナカが……、いっぱいになるっ……！」

ベリスが悶えると、秘孔から大量の愛液が滴る。

「ほらみろ！　これでも感じてなかったって言うつもりか？」

俺はすぐに律動を繰り出し、欲情の証しで満たされたベリスの胎内を掻き回した。

「ああんっ!?　んんっ、激しいっ……！　あ……あんっ！　おチンポぐりぐりくるっ……！　はぁんっ……!?　触手も……、どんどん締め付けて――。んんふぅっ……。くふぅっ……。あぁ……、あんっ……！」

いきり勃った肉の棒と触手に同時に責め立てられたベリスは、すぐに気持ちよさそうな声を上げ始めた。

「縛られながらヤると、いつもより感じるだろ？」

「こっ、これは――。あああっ。おチンポが……、激しいせい……。はぁあんっ……!? 決して……、縛られて……感じているわけでは……、ない……。んんぅっ……。ああ……、はふぅっ……！」

「挿れる前からぐっしょり濡らしておいて、強情だな。でも、そういう意地っ張りなところもかわいいぞ」

「かかか、かわいいっ……？　――むぐっ……！」

照れるあまりに顔を耳まで紅潮させたベリスの唇を、いきなり奪ってやる。

「んちゅ……。んっ……、んむぅっ――！　はぅん……。んん……。ああ……、感じる……。んぅ……。くすぐったい……。……ちゅ……、じゅるっ……。はぁ～～ん……」

ベリスは途端にうっとりとなって、自分から舌を絡めてきた。

「あふん……。んんちゅ……。はふっ……。あぁん……。んふぅんっ……。もっと――。んっ……、あぁん……。はむ……ちゅ……。んちゅるっ……。はぁ……」

いい感じに蕩けてきたところで、俺はマシーンを操作する。

触手の締め付けを強くし、それと同時に猛然と腰を振りたくった。

「んんむっ！　なっ、なんだっ――？　ふあぁっ……！　あああぁ～～～んっっ……!?」

優しい感触から一転、強烈な刺激に見舞われ、ベリスは甲高い嬌声を上げて全身をのたくらせた。

「んひいっ……!? おチンポ激しいっ――！ あああっ、ダメぇっ……！ あんっ!? はあぁんっ……！」

「さっきよりも感じてるじゃねえか！ やっぱりきつくされるのが大好きな、ドMなんだろ？ 認めろよ！」

言いながら、さらにベリスの秘孔を突き上げる。

淫らな蜜をにじませる肉ヒダと擦れ合いながら、剛棒が熱いトンネルの奥を繰り返し叩いた。

「あはんっ！ ああっ、すごいっ！ ひゃぁんっ……!? おチンポ……、奥まで……響いて……。んんくぅっ……。触手も……、食い込んでくるぅっ……！」

「どうだ、感じるだろ!? 認めると、もっと気持ちいいぞ！」

「も、もっと……？」

すさまじい快感の波に翻弄されながら、ベリスはぼんやりと俺の言葉を繰り返す。

「認めちまえよ、ドMだって」

「う……。うぅ……。みっ、認め――。くぅ……。いや……、でも……。んんっ、はふぅっ……。うぅ……。わっ、私は……。私……。……っ……あああっ……、でも……！」

「どうした？ 私は――、なんだ!?」

触手の締め付けと抽送をさらに激しくし、ベリスに快感を送り込む。

「あああ〜〜〜っっ……!? 私はっ、ドMだっ……！ 縛られて……、いじめられて……感じる……、真性の——、ドMぅっ！ あぁはあ〜〜〜んっっ……!?」

高らかに宣言し、憚《はばか》ることなく悦びの声を発した。

「あんっ……!? ひぃんっ！ 感じるっ……！ いつもより……。ふあぁっ、すごいっ……！ 縛られながら……、おチンポズンズンされるの、気持ちよすぎて……。……ああっ、もっと——！ ああっ、そこ……。ぎゅうぎゅうしながら、オマンコの奥……、もっと激しく突いてっ！」

ドMだと認めた途端に欲望を露わにし、触手と俺のものを求めてくる。

「いいぜ！ 食らえっ！」

俺も乱れ狂うベリスの姿に興奮を煽られて、腰の動きを加速させた。

「はんっ……!? あぁんっ！ 触手……、いいっ……！ 小娘たちを……倒すための、武器なのに……。はあぁんっ……!? こんなに……気持ちいい……。あふんっ……！ んんっ……、ああっ……。あの……小娘どもには……、もったいないっ……！」

「そうだな。こいつのよさが分かるのは、ドMなベリスだけだ！」

俺が言うと、ベリスは今更のように恥ずかしがる素振りを見せ、羞恥に悶えるみたいに身体を揺さぶった。

「貴様――、あなたが……、こんなふうに……教え込んだから……。うぅぅ……。私はっ……。私はぁ……」

そう言って、涙ぐみながら俺を見やる。

「なんだ、イヤだったのか？」

俺が訊くと、ベリスは急いで横にかぶりを振り、上気した顔にうっとりとした微笑みを浮かべる。

「違う……。すごく……、幸せだ……。あぁぁ……。あなたと……、いっしょに気持ちよくなれて……。……はふぅん……。んん……。も、もっと……、おチンポ……。もっと、激しくして欲しいっ……！」

俺のものを収めた狭穴を引き絞り、触手に絡め取られながら自分から腰を振りたくる。

愛液を纏った膣壁が感じる棒をぬるぬる舐め回すと、快感に引っ張られるみたいにして俺の腰も跳ね動いた。

「はぁんっ!?　あぁっ！　おチンポ……、ぐいぐいくるっ！　硬い先っぽで、ナカを掻き回してるぅっ……！」

ベリスが激しくその身を打ち震わせると、触手がぎしぎし悲鳴を上げる。

「んん……あぁんっ……！　こんな……、情けない格好で……、おチンポ突っ込まれてる……。ううふぅ……。恥ずかしい……のに……、すごく、感じるっ……！　あああっ、やっぱり……、私は……、ドM……なのか……？　んんぅ……。くふぅっ……」

恥じらうような言葉を吐きながらも、表情からは悦びがはっきりと見て取れた。

「でも……、気持ちいいっ……！　あああっ、もっとしてっ——！　硬くて太いおチンポで、もっと……、オマンコ突いてっ……！」

さらなる快楽を求める牝穴が俺のものにしがみついてうねり、竿全体をなぞり上げる。

「うおおおっ！　オマンコに吸われるっ……！」

ベリスの奥で、俺自身が悦びにのたくった。

「あああんっ⁉　おチンポビュクビュク動いてるっ……！　んんっ、感じるっ！　精液出るっ——！　あああっ、きてっ！　熱い精液で、子宮もいじめてっ……！　ドMのオマンコに、熱いドロドロいっぱい入れて〜〜っ……！」

叫んだベリスが、とどめとばかりに膣を引き絞る。

俺の先端が燃えるように熱を帯び、煮えたぎる欲望が堰を切ったように溢れた。

「あああ〜〜〜んっっ……⁉　出てるっ！　熱いの、子宮に溢れるっ……！　ああああっ、どんどんくるぅ〜〜っ……！」

絡み付いた触手を引き千切らんばかりの勢いで、総身を狂おしく打ち震わせ、ベリスは絶頂を迎えた。

「んひっ⁉　あひぃんっ……！　触手……、食い込むっ——！　あああっ、感じるっ！　身

体じゅうで……。はぁぁんっ……!? また……、いっ、イクぅ〜〜っ……!」

触手によって吊り下げられたままで潮を撒き散らし、恍惚となりながら何度も身体を痙攣させる。

「情けない姿だな。まさにドMって感じだぜ」

言われてベリスは、悲しげな表情を一瞬浮かべたが、すぐにその顔は快楽の余韻に蕩けてゆく。

「ああ……そうだ……。私は、真性の……ドMだから……。もっと……、こうやって、いじめて欲しい……。あぁぁ……。考えただけで、オマンコうずうずしてくる……。んんふぅ……、はぁ……。ああん……。もっと……。きてぇ……」

上と下の口からよだれを滴らせながら、俺に懇願した。

「いいのか、そんなこと言って? ほんとに厳しくするぞ?」

俺の問いかけに、ベリスは勢い込んで頷きを返す。

「いいっ……。ふたりきりのときは……、あなたが……ご主人様……。だっ、だから……、もっと……して欲しい……。して……、下さい……」

いままで俺を訓練の名の下に散々しごき倒してきた上官にご主人様と呼ばれ、言い知れぬ興奮がぞくぞくと背中を駆け上がっていくのを感じた。

まだ突っ込んだままのイチモツが、ベリスの胎内で再び硬く大きく膨張してゆく。

「あああああっ……!? 　おチンポ――。んんっ……はぁ……。まだ……オマンコいじめてくる……。ふあぁ……。穴の入り口……、ぐりぐりしてる……。はっ、早く……。思いっ切り……オマンコいじめてっ……」

期待に顔をにやけさせたベリスに口付けをひとつして、俺は言ってやった。

「いいぜ。たっぷり優しくしてやるからな」

「あぁん……。意地悪しないでぇ……」

悲しげな声を上げながら、ベリスは嬉しそうに身悶えするのだった。


そして迎えた決戦の日。

朝も早い時間に、ベリス隊の全員が訓練場に集結した。

居並ぶ戦闘員たちを見回し、ベリスが檄を飛ばす。

「遂に作戦を決行するときがきた！ 　今日がピュアメラどもの、最後の日だ！」

「ギーッ！」

戦闘員たちが声を張り上げる。

いつもと違って作戦の前にたっぷり休養できたこともあり、誰も彼も気力に満ち溢れた顔付きをしていた。

部隊の士気もいままでにないくらい高い。

ベリス隊が従来の脳筋戦法を改め、準備と計画に充分な時間を注ぎ込み、このための新兵器まで導入された。

まさに史上最大の作戦である。

ちなみに新兵器の触手マシーンは、使用経験のある俺が操作を受け持つこととなった。

いったいどこで使用経験を積んだのかと仲間は不思議がったが、正直に言えるはずはないので、荷物を運んだときにいたずらしたのだと誤魔化しておいた。

「行くぞ、貴様たち！　心してかかれ！」

「ギーッ！」

俺たちは意気揚々とアジトを出発した。

これほどまでに勝利を確信して作戦に臨んだことが、かつてあっただろうか？

今日はベリス隊、いや、シャグラットにとって、記念すべき日となる。

ピュアメラを倒し、我らがシャグラットは、世界征服の野望に向けて躍進するのだ――！

第4話 夏だビーチだ！ セックス島で潜入任務！

目を開けると、いまや見慣れたベリスの寝室の天井が見えた。

「む……。起きたのか？　怪我の具合はどうだ？」

声がして、心配そうな表情を湛えたベリスが俺の顔を覗き込んだ。

「……怪我……？　いててて っ……」

思い出したように痛みが襲ってくる。

「これは……。ああ……、そうか……」

――俺たちはまたしても、ピュアメラたちにこっぴどくやられたのだった……。

登校途中のピュアメラを襲い、変身前に叩きのめすという作戦は、あと一歩のところまで計画通りに進んだのだが――。

追い詰めた途端、ピュアメラたちは謎の力によって覚醒し、新たな必殺技で反撃してきたのだ。

最前線で触手マシーンを操っていた俺は、とっさにベリスの盾となって、その攻撃をもろに浴びてしまった。

「あれしきの攻撃でやられる私ではないのに……。弱い者が強い者を庇ってどうするのだ。まったく……」

ベリスは呆れたように言いながらも、どこか嬉しそうな微笑を浮かべ、俺の傷に薬を塗った。

怪我の手当はアジトの医務室で済んでいて、あとは自宅療養ということになっていたのだが、ベリスは介抱したいと言って聞かず、半ばむりやり俺を自分の家に連れてきたのだった。

「自分の女すら守れないようじゃ、世界を革命することなんてできないからな」

俺はきざっぽく言葉を返した。

「気持ちは嬉しいが、死んでしまっては元も子もないぞ」

「ああ。そうだな。死んでしまったら、ベリスとこんなこともできなくなるし……」

言いながら、ベリスの胸をふにふにと揉んでやる。

「こ、こら――。あぁんっ……。いまは、絶対安静と言われただろう。こういうのは、傷を治してからだ」

ちょっと名残惜しそうな表情を浮かべつつ、俺の手を押し戻した。

「だったら、早く治さないとな」

「ああ。そうしてくれ」

優しく笑って、俺に口付けをする。

そしてベリスは、それから毎日、家にいる時間は俺に付きっきりで、甲斐甲斐しく怪我の手当てをしてくれた。

ベリスがアジトからこっそり持ち出してきた幹部用の高性能な医療機械のお陰もあって、俺は瞬く間に回復していった。


「——というわけで……、そろそろいいだろ？」

ギンギンに勃起した股間を示しながら、ベリスに言う。

「またそんなことを……。まだ完全に治っていないのだぞ？」

困ったように言いながらも、ベリスは顔をほんのり赤くして、そわそわと身体を揺すった。

「ベリスだって、したいくせに」

「そ、それは……。だって……。ずっと、あなたと……していなかったから……」

拗ねたみたいに唇を尖らせて、うつむき加減にこちらを見る。

「だったら、いいだろ？　これもリハビリの一環だぜ」

「そっ、そうか。リハビリなら、仕方ないな」

ベリスは嬉しそうに頷くと、ベッドの上によじ登った。

「早くきてくれ。いまにも破裂しちまいそうだ」

ムックリと隆起した股間をぐいぐい持ち上げて催促する。

「ああ。すぐにいくぞ」

待ちきれないといった顔をして、ベリスはいそいそと俺の服を脱がし、自分もあっという間に裸になった。

「ふふふっ。すごく硬くなってるぞ」

俺のそそり勃ちに顔を寄せ、にやけた笑みを浮かべる。

「怪我のせいで身体を洗えなかったから、挿れる前にきれいにしないとな。……んっ……、ふぅ……。すごく……、エッチなにおいがする……」

興奮したベリスの吐息が俺の先っぽをくすぐった。

刺激を受けた敏感な棒が、掴まれた手の中で脈打つように震える。

「ああ……。はぁ……。待ってろ……。いま……、きれいにしてやるから……。——んっ……、ふぅ……。はぁふっ……」

身体の先に温もりを感じたと思ったら、熱い舌が肉竿をべろっと舐めた。

「おっ……」

久し振りの感触が響くと、アソコが猛烈に疼きを帯びてきた。

「どうした？」

ベリスが顔を上げ、声を漏らした俺を見る。

「な、なんでもない……。続けてくれ」

下半身に力を籠め、すぐにも破裂しそうな股間のイチモツを抑えつつ、言葉を返す。

「うむ。そうするぞ……。──はむっ……。んっ……れろ……。はふっ。はぁ……。おチンポ……、硬くて……、すごく……熱い……。……んんっ……ふぅ……。舌を……、火傷しそうだ……。はぁむっ……」

絡み付いてきた舌が、カリや亀頭をぬるぬるなぞる。

「おおっ──！」

股間を吸われるような快感が駆け抜け、腰がビクビクッと浮き上がった。

「ふふっ……。感じるのか？」

俺の反応を見たベリスが、嬉しそうに笑いを漏らした。

「ああ。いい感じだぜ。その調子で、しっかりきれいにしてくれよ」

快感を堪えながら命令してやると、ベリスはいっそう目を輝かせて、舌の動きを大きくした。

「ん……れろっ、ちゅ……。はふっ。はむっ……。ここも……、きれいにしないとな……。れろっ……」

舌の先で裏スジを掻き上げ、カリの溝を力強くなぞる。

痛痒く、痺れるような刺激に、膨れた欲棒は小さく痙攣《けいれん》しながら透明な液体を鈴口ににじませた。

「ちゅるっ……。んれろっ……、じゅるっ……。ああ……。先っぽから……、しょっぱいのが出てきた……。んちゅ……、はふっ……。ちゅるぅっ……」

迸《ほとばし》った先走りの液体をすかさず舐め取り、そのまま亀頭に舌を這わせる。

「おおおっ——。ほんとにチンポを洗われてるみたいだっ！」

ベリスの舌はなにか別の動物のように動き回り、肉竿のあらゆる場所を擦り上げていった。

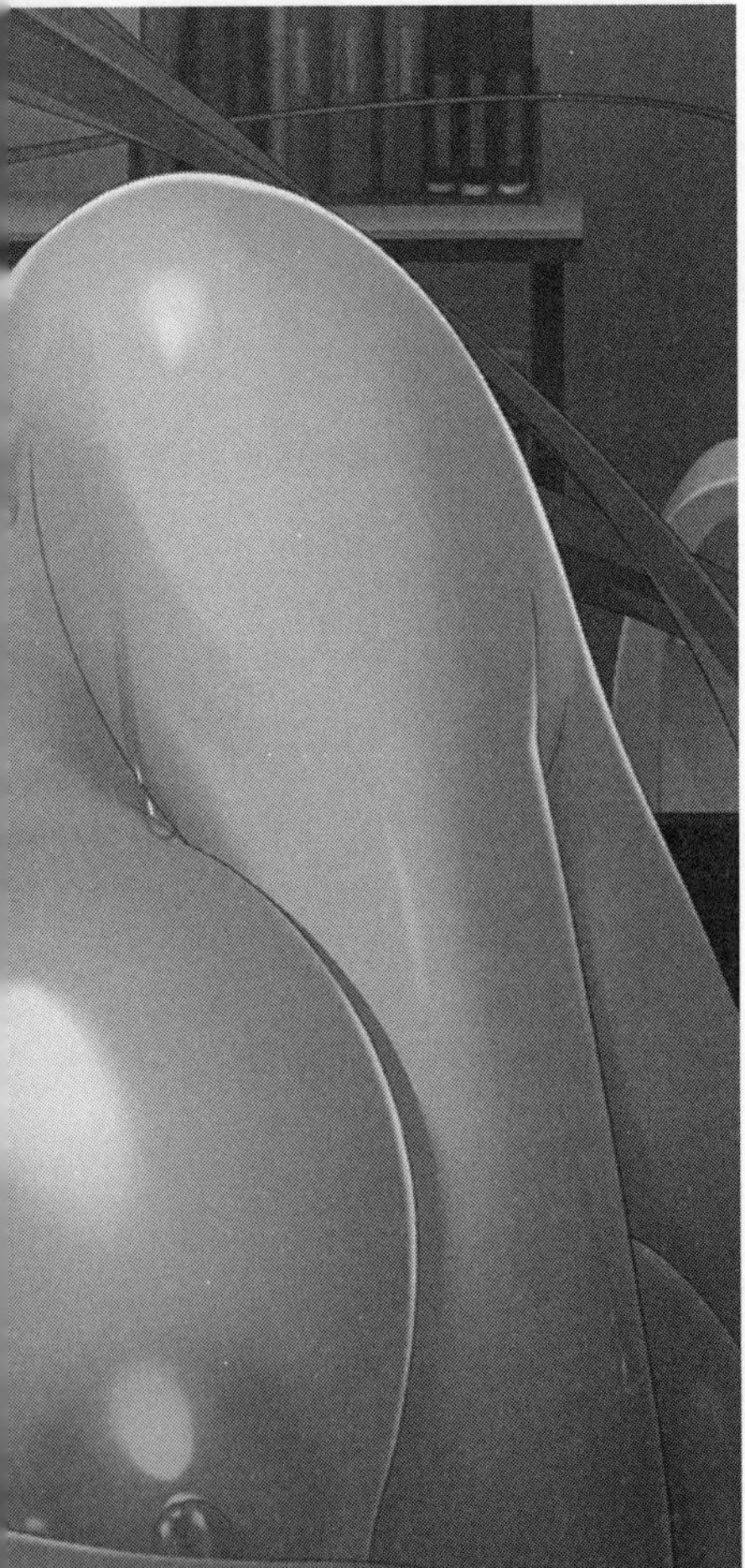

絡み付いた唾液が空気に触れて冷やっとする刺激すらも、快感となって股間に響く。

悦び跳ね動く俺の腰を追いかけて、ベリスはそそり立った肉の柱に懸命に舌を走らせ続けた。

「はぁ……、あんっ……。んっ……ちゅぱっ。はふっ……。おチンポ……、気持ちよさそう……。ああ……。舌の上で……、ビュクビュクって……脈打ってるぞ……。ん……ふふっ、どうだ……？　ちゃんと、お世話できてるか？」

肉棒を必死に舐めつつ、俺に上目遣いの視線をくれるベリスが、健気でかわいらしくて、そしてものすごく魅力的に見えた。

「ああ。ちゃんとできてるぜ。気持ちよすぎて、このままベリスの口に出しちゃいたいくらいだ」

「いいぞっ。このまま、出してくれっ！　溜まった濃いザーメン、ぜんぶ飲んでやるから……！　――はむっ。んんぐっ……じゅるっ。ちゅぱっ……！　はぁ……。はふっ。んれろっ……！」

射精への期待に目をぎらつかせたベリスは、興奮した声を上げるとともに、俺の先っぽにぱっくり食らい付いた。

太い肉の棒を口の中にどんどん押し込むと、すさまじい勢いでしゃぶり始める。

「んん……、あぁんっ……。はぁむっ。んぐっ……れろっ……。おチンポ……、硬くて熱い……。んんぁあ……。すぐに、口からこぼれてしまう……。んんぐっ……。しっかり……、捕まえていないとな……。はむっ……、んっ……じゅるぅっ……！」

ベリスが頭を振り動かすたび、膨れた棒に押し出された唾液が激しい水音を立てて飛散る。

「うわぁっ！　すごいぞっ――！　洗濯機に放り込まれたみたいだ！」

ただ舐め回すだけでなく、唇も使って絶妙な力加減で竿をしごき上げてくる。

膣やアナルでは感じたことのない初めての刺激に、俺自身がベリスの口内で悦びのたくる。

「んむっ。じゅるっ、ちゅぱっ――。はぁ……。はむっ……。んっ……、あ……あんっ……。はぁ……んぐっ。ぷはっ……。久し振りの……精液……、欲しい……。……ちゅ……れろっ……。ドロドロの……、濃厚ザーメン……。んんむっ……。ちゅるっ……、ん……れろぉっ……！」

早く出せとばかりに亀頭を吸い立て、舌で鈴口をほじくる。

ピリッとした鋭い快感が股間を突き抜け、剛棒の先が痛いくらいに疼いた。

「うぅっ……。でっ、出るぞっ！」

「きてっ！　ザーメンいっぱい、出してっ！　――んんぐっ、じゅぷっ。んぐんぐっ……、んむぅっ……！」

ベリスが肉棒を深々と咥え込み、破裂寸前の先端を上あごの突起にごりごり擦り付けた。

「おおっ――!?」

すさまじい快感に股間のものがひときわ大きく打ち震え、快感の証がベリスの口内に噴き上がる。

「んぐっ……!?　んんんっ……、んふぅ〜〜〜っっ………!!」

驚きと喜びの入り交じったベリスの声が聞こえた。

俺のものはビュクビュクと脈打ちながら、大量の白液を次々に発射する。

「あぁんっ……!　んぐぶっ……。精液……、どんどん出るっ!　――ぷはぁっ……!　んんむっ!　んぐっ、じゅるるっ、げほっ……。んん……、ゴクンっ……!」

苦しげな声を上げながらもベリスは俺のものを吸い立て続け、放出された

白濁をすべて飲み干した。

「はぁ……。はふ……。んんぅ……。い、いっぱい……、出た……。はふぅ……」

口の端からこぼれた白い粘液をすすり上げ、ベリスは満足げに息をつく。

「ずっと溜まってたからな」

「ふふふっ。まだ溜まってる……。あんなに出したのに、おチンポ……こんなに硬く膨らんでる……」

俺の股間にそそり立った肉の柱をうっとり見詰めて言う。

「ベリスの口があんまり気持ちよくて、余計にムラムラしてきたんだ。せっかくだから、下の口でもお世話して欲しいな」

俺が言うと、ベリスは嬉しそうに顔を輝かせた。

「あっ、ああ！ もちろんいいぞっ！ 怪我が治るまでしっかりお世話すると、決めたんだからなっ！」

言うが早いか、俺の股間にまたがってくる。

「すぐに世話をしてやるからなっ！ ……はぁ……。ふふふっ……。あなたのおチンポ……、支えなくてもピンと勃ってる……。そんなにエッチしたかったのか？」

「ベリスだって、同じなくせに」

俺のものをしゃぶりながらすっかり発情していたらしく、ちらりと見えたベリスの秘所は、大量の蜜を湛えて鈍く光り輝いていた。

興奮にいきり立って震える俺のものを掴んだベリスは、肉槍の切っ先を自らの割れ目の真ん中にあてがう。

硬い棒の先端で肉唇が掻き分けられると、クレバスからこぼれ出た熱い蜜が亀頭を伝い、そのまま竿にまで滴った。

「んん……。ああ……。おチンポ……、すごく硬い……。こっ、このまま……、ナカに……」

小さく腰を揺すり、俺の先っぽに愛液を塗り込めながら、肉棒を徐々に女の穴の入り口へと埋めてゆく。

「ふあぁ……。穴が……、広がる……。んんくぅっ……。ここを……、広げられるの……、すごく……気持ちいい……」

「ああ、俺も……、ベリスのナカに突っ込むときが、いちばん気持ちいいぜ……」

身体の先が、狭い穴を押し広げる感触が伝わってきた。

そこだけお湯に浸けたかのように肉棒の先端が熱くなり、続いて膣口の肉が亀頭を圧迫するのを感じた。

「うぅっ……。はっ、早く挿れてくれないと、爆発しちまうぞ……」

待ちきれないと言うように、俺自身がビクビクのたくる。

「あぁんっ……。んんっ……、オマンコの入り口……、感じるっ……。はぁ……」

ベリスは俺の上でぞくぞくっと身震いし、狭穴を拡張される刺激を噛み締めていた。

「うふふっ。すぐに……、挿れてやるからな……。……ああ……、はぁ……。くぅ……。んんっ……。は、入ってくるぞっ……。あああああ……。わっ、私も……、おチンポ……、早く……欲しいっ——！」

声を上げるや、一気に腰を落とし込んだ。

「おおっ！ 熱いっ——！」

剛棒の先が燃え盛る秘肉を掻き分け、ベリスの火口に勢いよく潜り込んでゆく。

「あああんっ——!? くふっ……。はふぅっ……。おっ、おチンポ……、きたっ——！ おおお……奥までっ……。あぁはっ……。あはぁ〜〜〜んっっ………!!」

挿れただけで軽く達したのか、ベリスは背中を反り返らせながら何度もその身を痙攣させた。

俺のイチモツも久し振りの肉ヒダの感触に悦びのたうち、堪えていないとすぐにも欲望を迸らせそうだった。

「はぁん……。あぁんっ……。やっぱり、こっちでおチンポ感じるのが……、いちばん幸せ……。——ふあああぁっ……!? 硬くて太いおチンポが、オマンコを……、子宮を……、ぐいぐいしてるっ……！ あはぁんっ——!? お腹に……響いてくるっ……！」

ベリスは嬉しそうに言い、すぐに律動を繰り出した。

愛液を纏《まと》った膣肉が、ぬるぬるうねりながら肉竿に纏わり付き、早くも精子を搾り取ろうとして敏感な棒を責め立ててくる。

「ここを……ぎゅうってすると……、おチンポいっぱい感じるっ……！　あああぁ……。穴の入り口に……、硬いの擦れるっ！　――ふあぁっ、いいっ……！　そこ……、感じるっ！　ああ～～っ……！」

胎内に収めたものの感触を確かめるように、狭穴をきつく引き絞った。

そのままゆっくりとした動きで腰を動かし、俺のものを膣口でしごきながら、愛液の滴る肉壁で竿や亀頭をなぞり上げる。

「くうっ……。ベリスのオマンコに、精液絞られるっ……！」

限界を告げるように、肉棒が膣壁のあいだで脈打つ。

「ああっ⁉　おチンポが、ビュクビュク震えてるっ……！　はぁ……。あぁんっ……。子宮の入り口、突っついてくるっ……！　――ふふっ。いいぞっ。そのまま、いっぱい出させてやるっ！」

ベリスは言いながら、抽送をどんどん速くしてゆく。

胎内で揉みくちゃにされる肉の棒から、痺れるような快感が響いてきた。

「すごいぞ、ベリスっ！　腰遣いが、どんどん上手くなってきてるっ！　おおおっ。チンポが吸われるっ……！」

腰がビクビクひとりでに跳ね上がり、牝穴に勢いよく打ち込まれた肉杭の先がベリスの奥を繰り返し叩いた。

「あぁんっ⁉ おチンポいいっ――！ いちばん奥でっ……、深いところで、繋がってるっ……。すごく……感じるっ！ はぁ……。こうしてると……、満ち足りた気持ちになる……。いままで、作戦の成功が……いちばんの幸せだと思ってた……、けど――」

ベリスは背中を反らせて下半身に力を籠め、俺のものを胎内にしっかりと咥え込んだ。

「はあぁ……。ああ……。こうしてるいまが、いちばん幸せ……。んんっ……はぁん……」

締め付けを強くした大事な穴で肉棒の感触をじっくり味わうようにしながら、うっとりと口にする。

「そうしてるだけでいいのか？」

俺が言うと、ベリスは慌てて律動を再開させる。

「もっと……、感じたいっ……！ 精液……、子宮でいっぱい飲みたいっ！ ……はぁ……。ああ……あんっ！ あはぁんっ……！ あなたが……教えてくれた……、女の悦びを、もっと……知りたいっ……！」

俺の上で飛び跳ねるようにして、硬い棒を自らの感じる穴に何度も突き立てた。

「いいぜ！ たっぷり出してやるから、思う存分味わえっ！」

ベリスの動きに合わせて、俺も腰を持ち上げる。

絡み付く膣肉を押し広げ、深々と挿入された剛棒がトンネルの奥に食い込んだ。

「あああ～～～～んっ……⁉　きてきてっ！　いっぱい出してっ！　ドロドロの精液で、子宮を溢れさせてっっ‼」

下の口で俺ものをがっちり咥え込んだまま、腰を素早く振りたくって射精を促してくる。

「おおおっ――――！　出すぞっ……！」

膣壁のヒダでしたたかしごかれた肉器官が、弾けるように欲望を噴き上げた。

「んふぅっ⁉　出た出たっ！　ドピュドピュくるぅっ……‼　――ふああっ⁉　子宮に……流れ込んでくるっ……！　はあぁ～～～んっ…………‼」

注がれた精液を女の穴で飲み下すみたいに、ぞくぞくぞくっと身体を激しくのたくらせ、ベリスが歓喜の声を上げる。

「んああっ……！　気持ちいいっ……！　精液が、奥にびちゃびちゃぶつかって……。ああっ。お腹の奥が、ぽかぽかするっ……。んん……ふぅっ……、幸せっ……。ふあぁ……。幸せすぎて……、イッちゃうぅ～～～っっ……！」

高らかに嬌声を発すると、胎内の白い噴射に負けじとばかりに潮を撒き散らした。

「もっと欲しいっ！　熱いのもっと……、ナカに入れてっ！　オマンコでいっぱい、幸せ感じたいのっ――――！」

催促するように腰を振り乱した。

「いいぜ。だったら、お前の好きな、こっちもくれてやるっ！」

下半身に力を籠め、もうひとつの熱い液体を解き放つ。

射精直後で感度の上がった肉棒の中を、快感を伴いながら尿が駆け抜けてゆく。

「んひいいっ――!? オシッコきたっ……！ オマンコ……ジャバジャバ洗われてくっ……！ ふああっ……。この感じも……、久し振り……。あああああっ!? 気持ちいいっ……！ オシッコでも……、いっ、イクぅ～～っ……!!」

淫らな液体を股間から溢れさせるベリスは、再び絶頂を体感し、恍惚となった。

「どうだ？ いっぱい飲めて、満足したろ」

絶頂の余韻に浸りながらまだ俺の上で小さく腰を揺すっているベリスを見上げ、言葉をかける。

「ま……まだ……。もっと欲しい……。溜まってるやつ、ぜんぶ出して……」

陶酔したような笑みを俺に投げかけ、ベリスは再び律動を繰り出す。

「へへっ。しょうがないな。俺もまだまだ、ベリスに飲ませてやりたいと思ってたところだぜ！」

ベリスの膣内で、俺自身がムクムクと膨れ上がるのを感じる。

「嬉しい……。もっといっぱい繋がりたい……。もっといっぱい、幸せを感じたい！」

随喜の涙をこぼしながら、ベリスが言った。

「ああ！　イヤってくらい、幸せにしてやるぜ！」

俺たちのリハビリは、その後一日中続いたのだった。


それからしばらくして、完全回復した俺を待っていたのは、新たな任務だった。

場所はとある南国の島。

シャグラット諜報部の長年に渡る追跡調査の結果、全世界の正義の味方に様々な装備などを提供している研究施設が、その島に存在していることが明らかになったのだ。

今回の任務は島の研究施設に潜入し、ピュアメラをはじめとした正義の味方たちの情報を盗み出してくることだ。

警備は厳重に違いなく、多大なリスクを伴うが、もし成功すれば得られる成果は計り知れない。

復帰一発目に挑むに相応しい、実にやり甲斐のある任務だ。

それはまあ、それとして……。

ベリスがその任務に俺を指名し、自分が付き添うことまで決めたのは、島にあるカップルに人気のリゾートビーチにいっしょに行きたかったからだということは、お洒落な水着まで用意してきた気合いの入れようからも明らかだった。

だが俺は、ベリスが自分で持ってきた水着をうっちゃって、より露出度の高いエロ水着

を身に着けさせた。

「お、おい……。本当に、こんな水着でなければいけないのか？」

　大事なところを申し訳程度に隠している、ほとんど紐のような水着を着たベリスが、恥ずかしそうにもじもじしながら訊いてきた。

　普段あんなに露出度の高い戦闘服を着ているというのに、水着の布面積の小ささは気になるらしい。なんとも不思議な話だ。

「どうして恥ずかしがる。ビーチでの正装だぞ」

「だが……、これではちょっと動いただけで……、その——。見えてしまうではないかっ！」

「それでいいんだ」

「いっ、いいわけないだろう！　破廉恥な！」

憤慨するベリスに、俺はさらっと言い返す。

「なにを言ってる。この島の別名を知らないのか？」

「な、なんだ、別名とは……」

「セックス島だ」

「そっ、そんな島だったのか⁉」

ベリスは呆れと驚きの入り交じった声を上げて目を剥いた。

「ふうん。本当に知らずに来たんだな」

「あっ、当たり前だ！　なんでそんないかがわしいところに、やつらの研究施設などが……」

「まさか誰も、こんなところに正義の研究施設があるなんて思わないだろ」

「た、確かに……」

「分かったなら、行くぞ」

まだ恥ずかしがっているベリスの手を取って、リゾートホテルの前にあるビーチへと繰り出す。

「うぅ……。だが……、やはり……」

ベリスはまだ、紐水着で人前に出ることに抵抗があるようだった。

本当に、いつもの戦闘服となにが違うというのか……。

「セックス島でお淑やかな水着を着ていたら、逆に目立っちまう。潜入するなら、その場所に溶け込まないとだろ？」

「う、うむ。それはそうに違いないが……」

「あと、その硬い物言いも改めないとな。恋人同士なんだから」

「どんなふうにしゃべればいいのだ？」

「ベッドの中にいるときみたいにすればいいんだ」

「うぅ……。あ、あんなことを……、外で言えるものか……」

ベリスは顔を赤くして、もじもじ身体を揺すった。

爆乳が揺れ動き、紐水着がズレて恥ずかしい場所が露わになる。

「ひぃっ――――!?」

ベリスはおかしな悲鳴を上げ、慌てて水着を直した。

「どうして隠すんだ？　そのままでもいいんだぜ」

言うなり、後ろからベリスの胸をがばっと掴んでやる。

「あぁんっ……!?　こっ、こんなところでそんなことをしたら……、おかしいと思われるだろうっ！」

「そうか？　周りを見てみろよ」

「まっ、周りだと……？」

ベリスは訝《いぶか》しむような顔をしながら、ビーチをぐるっと見回した。

砂浜では、至るところでカップルたちがキスをしたり、水着をはだけて身体をまさぐり合ったりしていた。

ヤシの木陰や海の中、やたらと低く差したパラソルの下で、寄り添いながら怪しく腰をくねらせている男女までいる。

もちろん海で普通に泳いでいる人たちもいるが、そちらのほうが圧倒的に少数派だった。

「ななななっ――!? なんだこのビーチは……」

ベリスは顔を真っ赤にして、視線を泳がせた。目のやり場に困っているらしい。

「な？ セックス島と呼ばれてる理由が分かるだろ？」

「こっ、こんな屋外で……、人目も憚《はばか》らずに、こいつらは……」

「みんな羽目を外したくて、この島に来るんだ。そういう場所なんだから、エロいことをしてないほうが変なのさ。潜入するなら、この中に溶け込まないとな」

「そ、そうか……。潜入のためなら、仕方ないな。うむ……」

まるで自分に言い聞かせるような言葉つきで口にして、大仰に頷いてみせる。

「ようし、じゃあ早速、俺たちのアツアツ振りを、ビーチのみんなに見せ付けてやろうぜ」

「み……、みんなに……だと……？」

「そうだ。ビーチの真ん中で、盛大にセックスしてやろう」

「さっ、さすがにそれは目立ちすぎだっ！」

「ふたりでセックス島に来た、いい記念になると思ったんだけどな」

俺はことさら残念そうにつぶやく。

「う……。き……、記念か……」

ベリスは俺の言ったことを繰り返して、しばし考えた。

「きっ、記念は欲しいぞ。だが、悪目立ちしては任務に差し障る。だから……、思い出を作るなら……、あっちの人のいないところでだ」

なんだかんだでベリスも興奮を募らせていたようで、俺の手を掴むと人気のないビーチまで急ぎ足で向かった。

「こっ、ここなら……、人目を気にしなくていい」

更衣室もシャワーも売店もなにもなく、監視員やライフガードもいないために人があまり来ず、がらんとしている砂浜を見渡し、安心したように言う。

「でもこれじゃあ、セックス島に来た記念って感じがしないな」

「貴様――、あなたは……、そんなに人前でしたいのか……？」

顔をしかめながら訊いた。

「俺がというか、マゾ気質のベリスなら、そっちのほうが盛り上がると思ったんだが……」

「いっ、いったい……、私になにをさせるつもりだったのだ……」

「知りたいなら教えてやるぜ」

俺は待ってましたとばかりに言葉を返し、ベリスにポーズを指示する。

「…………。こっ……、こんなことを、私にさせたかったのか……？」

ベリスは思いのほか素直に、ガニ股座りでダブルピースという、屈辱的なポーズを取ってみせた。

「ああそうだ。実にいい格好だ」

俺は言い、うんうんと満足げに頷いてみせる。

「こ……、こんな格好をして……、なにがどうなって興奮するというのだ……」

ベリスは羞恥《しゅうち》に顔を赤くしながら、不服そうに文句を垂れた。

「普段かっこよくて凛々しい女が、間抜けな姿をしてるのが興奮するんだ。ギャップ萌えってやつだな」

「そういうものなのか？」

「ああ。そういうものだ。ほら、もっと足を開いて。表情もバカっぽく――、いや、誘うような感じで」

考える暇を与えないように、矢継ぎ早に指示を飛ばす。

「こんな水着で、これ以上足を開いたら、はみ出てしまうではないか……」

「そうやってチラ見えするのがエロいんじゃないか」

「な、なに？　どういうことだ」

「こういうことだよ」

言いながら背後に回り、ベリスの水着をわざとはだけてやった。

「お、おいっ！　こんな……外で……、丸出しにしたら……」

「あっちのビーチからは見えないし、みんな自分たちのことに夢中で目に入らないさ。見られてたらもっと興奮しただろうけど」

「はっ、恥ずかしいところを見られて興奮だと？　そんなわけあるか！」

「そうか？　ドMのベリスなら、恥ずかしいところを人に見られたら興奮すると思うけどな」

「いっ、いくらなんでも、そんなわけが……」

「だったら、ちょっと想像してみろよ。間抜け――、じゃなくて、エロい格好してる自分を、人にじろじろ見られてるところを」

「想像だと……？」

口の中で言って、ベリスは視線を上のほうに泳がせた。

俺の言った通りに想像を巡らせているのだろう。

最初は怪訝《けげん》な顔をしていたベリスだったが、やがて頬がほんのり色付き始め、表情はどんどんにやけたものになっていった。

「……あ……、あぁ……。みっ、見られてる……。こんな……、みっともない姿……。……

あぁぁ……、乳首も……、オマンコも……、剥き出しで……。うぅ……。みんなの視線が……、突き刺さって――。……んんっ……、はぁ……。あん……」

「ほらな。興奮するだろ？」

「…………。する……」

ちょっと間があったあとで、ベリスは正直に認めた。

「でもやっぱり……、人が大勢いるところで……するのは……、ちょっと……」

たくさんの人で賑わうリゾートホテルの側のビーチを一瞥し、眉をひそめた。

「しょうがない。だったらいまは、このカメラが人目の代わりということにしよう」

近くのヤシの木の根元にスマホを立てかけ、カメラをベリスのほうに向ける。

「あああっ……。撮られてる……。こんな……、恥ずかしい格好を……」

ベリスは言いながら、ぞくぞくっと身震いをした。

怯えているのではなく、興奮のためだということは、その表情を見れば明らかだった。

「はぁ……。ああ……。こんな……姿が……、記録に残ってしまう……。もし、そんなものを、誰かに見られたら……。ボスや……、部下たちに……、見られてしまったら……。あぁ……、はぁ……。あぁん……」

呼吸を荒らげ、足をもじもじさせる。

早くも大事なところが疼き始めたらしい。

「はっ、恥ずかしい……はずなのに……、どうしてこんな……。ああ……、はん……。はふぅ……」

「いいぞ。セックス島に来たカップルらしくなってきたな」

「カップル……。そ、そうか……。私たちは、カップルなんだな……。ああ——。ここでは、隠さなくともよいのだ……」

発情してにやけた中にも嬉しそうな表情を浮かべ、感情の籠もった口調で言う。

俺たちの関係は、組織内ではもちろん秘密だ。

でもいまは、カップルに扮しているという建て前があるのだから、いくらでもカップルらしいことができる。

「だが……、本当にこれが、カップルの振る舞いなのか……？」

ベリスがまた疑問を持ち始めた。

「おいおい。ここはセックス島だぜ？　ここではこれが正しいのさ」

ベリスの後ろに取り付くと、背後から身体に手を回す。

「あぁんっ……。まさか……、ここでするつもりか……？」

「大声を上げなけりゃ、気付かれないさ」

「でも……、カメラで撮ってる……」

俺の置いたスマホに目をやり、躊躇《ためら》う素振りを見せる。

「そのほうが興奮するんだろ？　それに、いい思い出になるぜ」

「おっ、思い出……。そうだな……」

ベリスは声を弾ませて言った。

もとよりこの状況にすっかり気持ちが昂ぶっていたらしく、俺の手の下で乳首はガチガチに勃起し、秘所からは蜜液が止め処なく溢れ出ていた。

「なんだ。すっかり準備万端じゃないか」

俺も大きく膨れ上がった欲棒を取り出し、その先端をベリスの割れ目にあてがう。

「あああっ……。ほんとに……、ハメられる……。こんな……、外で……。ビーチで……。

――んんぅ……。でも……、おチンポ欲しい……。ああ……。おチンポの……熱が……、伝わってくる……。んんっ……はぁ……。はっ、早く……欲しいっ……」

ベリスの秘孔がヒクヒク蠢《うごめ》くのを、敏感な棒の先で感じた。

「ようし。しっかり思い出を残そうな！」

ぐっと腰を突き上げ、後ろからベリスの胎内にそそり立った肉の棒を挿入した。

俺自身が、真夏のビーチよりも熱い女の淵に、深々と潜り込んでゆく。

「はぁあんっ――――!?　おチンポきたっ……！　ああぁっ、いつもより……太くて硬いっ！」

肉棒の感触を確かめるように膣を引き絞り、俺の腕の中でぞくぞく身体を震わせる。

「違うぞっ。ベリスがいつもより、感じてるんだ！」

腰をぐいぐい押し出し、発情しきったベリスの牝穴を硬い棒で掻き回してやる。

いやらしい水音が聞こえ、大量の愛液が蜜壺から滴った。

「あんっ――！　あはんっ!?　オマンコ……ぐっしょり……。熱いのいっぱい垂れてくるっ……！……ふあああっ、私――。外で……挿れられて……、スマホで撮られて……、興奮してるっ……！　いつもより……、感じてるっ……！」

自覚したことで余計に興奮が募ったのか、肉壁からさらに大量の蜜液がにじみ出てきた。

「すごいぞ！　洪水みたいだ！」

ピストンを見舞うたび、淫らな体液が太い棒に掻き出されて砂浜に滴る。

「あぁんっ……！　オマンコ……、どんどん濡れてくるっ……。ああぁあっ、恥ずかしい……。けど……、感じちゃうっ……！　恥ずかしいのが、快感になるっ――！　んん……はぁ……。私……、本当に、変態になってるぅっ……！」

「こんな変態丸出しの映像が流出したら、組織は大騒ぎになるだろうな」

股間を突き上げながら言ってやると、ベリスの身体が一気に強張った。

「ひぃっ……!?　そ、そんな……。あぁあ……、ダメ……。こんな……姿を見られたら……。ボスや、部下に知られたら……。はぁぁんっ……。シャグラットに……、いられなくなるっ！」

肉穴が緊張にすぼまり、俺のものを食い千切らんばかりに締め付けてくる。

「そんなこと言いながら、オマンコはチンポを捕まえて離さないじゃないか！」

ぴっちり閉じようとする膣肉をいきり勃ちの先で掻き分け、ヒダを擦り上げながらベリスの胎内を力強くまさぐってやった。

「あはぁんっ⁉　ああっ、感じるっ！　おチンポ気持ちいいっ……！」

「いいのか、そんなに声を上げて？　あっちのビーチのやつらに気付かれちまうぜ？」

「うぅ……。だっ、だって——、感じすぎて……、声……我慢できないっ！」

「見られたら、組織にいられなくなるかもよ？」

「そっ、それは……、困る……。けど——。そうしたら、あなたとずっと、こうしていられるっ！　いつでも、おチンポ挿れてもらえるっ！　ふああっ……。考えると……、すごく……幸せっ……！」

ベリスは自分からも腰を揺すって、硬い棒の先端を自らの感じる場所に擦り付けた。

「嬉しいことを言ってくれるじゃないか！　股間に響いたぜ！」

俺は言って、ピストンを加速させる。

「あああんっ⁉　私も……嬉しいっ！　気持ちいいおチンポ……、奥を……ズンズン突いてるっ！　子宮に響くっ！　あはぁ～～んっ……！」

ベリスも膣をぎゅうっと引き絞り、快感を生む摩擦を強くした。

「はぁんっ……！　おチンポ……、オマンコの中……がりがり引っ掻いてるっ！　エッチなお汁……、いっぱい出てくるっ！　──はぁぁ……。感じてるっ……。私……、外で……セックスして……、カメラで撮って……、すごく……、気持ちよくなってるっ！」

そう言って、誰かに見られていることをわざわざ意識するみたいに、カメラのほうに視線をくれる。

募る興奮に蠢く膣肉が俺自身にぴったり吸い付き、竿全体をべろべろと舐め回した。

「くうぅっ！　オマンコが……精液吸い出そうとしてくるっ！」

ベリスの膣内に根元まで収まった肉棒が燃えるように熱くなり、腰がガクガクッと震える。

「あああっ、出してっ──！　精液ちょうだいっ……！　オマンコに、ぜんぶ入れてっ！」

「いいぞっ！　孕め、ベリスっっ!!」

悦びの液体を待ち受けるベリスの奥を目掛けて、滾った欲望を噴き上げた。

「んはぁっ!?　ひふぅっ──！　出てるっ！　あああっ、熱いの奥まできてるぅっ……！　はぁぁ～～～んっっ……!?」

射精と同時に達したベリスは、愛液と潮を砂浜に撒き散らしながら総身を痙攣させる。

「あぁはんっ……！　もっと──。もっと精子欲しいっ……！　本当に……、孕むくらいっ……！」

さらに子種を搾り取ろうとして、すぼめた膣口で俺のものをしごきたくった。

「うおおっ！　ほんとにぜんぶ吸われるっ……！」

刺激を受けた俺自身は、激しく脈動しながら白い欲望を続け様に噴射する。

「あぁ……はぁ……。もっとぉ……。もっと精液欲しいっ……。んん……、くぅ……。はぁ……。あぁんっ……」

何度も絶頂を体感し、恍惚となりながらも、ベリスは腰を振り続け、俺のものを求めてくる。

「そんなに欲しいなら、こっちもくれてやる！」

俺は下半身に力を籠め、別の液体を放出してやった。

「あぁはあ〜〜〜んっっ……⁉　おっ、オシッコ……、ジョバジョバきたぁっ！　ああぁあっ……。オマンコの中……、流れてくっ――！　子宮に響くっ……！　ふああっ、すごい勢いぃ〜〜っ……！」

「ほら、ベリス！　カメラに向かって笑ってみせろよ！　楽しい旅の思い出だぞ？」

俺がスマホを指し示すと、ベリスはそちらに視線を向けて、蕩けた顔で微笑んでみせた。

「はぁ……。はふぅ……。思い出……。うふふっ……。嬉しい……」

あらゆる体液を美しい南国のビーチに滴らせながら、ベリスは幸せそうな表情を浮かべてうっとりとつぶやいた。


そんなプレイが功を奏したかは分からないが――。

俺たちは首尾よくセックス島のカップルたちの中に溶け込み、怪しまれずに研究施設に近付いて、必要な情報をまんまと盗み出すことに成功した。

これで我らがシャグラットは世界征服の野望にまた一歩近付き、腐った世の中を革命するという俺の望みも実現に向かう――、はずだった……。

第5話　最終決戦を回避せよ!?　さよならなんて言わせない!!

その日、俺たちベリス隊の全員が、アジトの訓練場に集合させられた。

そして、訓練場の壁に設えられた大きなモニターの中に現れたシルエット姿のボスから、その場でベリス隊の一時解散が告げられた。

戦闘員は全員、別命あるまで自宅待機。

詳細はなにも知らされず、仲間たちは首をかしげながら三々五々帰宅していった。

一方、俺はと言うと――。

せっかく時間ができたなら、思う存分イチャついてやろうと思い、ベリスの私室にこっそり忍び込んで、戻りを待つことにした。

やがて、ボスとの話し合いを終えたベリスが部屋に帰ってきた。

「待ってたぜ」

声をかけると、ベリスは驚くことも喜ぶこともせず、ただぼんやりと俺を見て、「ああ……」とだけ言葉を返した。

その表情は、いつになく硬いものだった。

「なにかあったのか？　まさか……、作戦が失敗続きだったから、降格とか……？　隊も解散させられちまったし……」

　ちょっと心配になって尋ねた。

「いや。そんなことはない」

　そう言って、ベリスは横にかぶりを振った。

「むしろ、このあいだの潜入作戦の成果を、ボスから直々に褒めていただいた」

「そ、そうか……。だったらどうして、そんなに暗い顔をしてるんだ？」

「暗い……顔をしているのか？　私が……？　ボスが栄誉ある新たな任務をお与え下さったというのに」

　ベリスは強張った微笑を浮かべた。

　なにか無理をしているのが見え見えだった。

「新たな任務だって？　俺たち部下が、全員自宅待機を命じられてるのに？」

「ああ。次なる作戦は、私が単独で行う。ピュアメラとの、最終決戦だ」

　ベリスは重たく言った。

「最終決戦……って……。隊を挙げてかかっても勝てなかったピュアメラに、たったひとりで？　むちゃくちゃだ！」

　驚きのあまり、大声を出していた。

「いままでとは、状況が違うのだ」

ベリスは静かに言葉を返した。

「それって……。俺たちが手に入れてきた、あの情報か？」

「そうだ。あのデータを元に、ピュアメラに対抗すべく作られたのが、この強化薬だ」

ベリスの手には、琥珀色の液体の入ったアンプルがあった。

「強化薬……？」

「ああ。我らがシャグラットの技術部が作り上げた、最終兵器だ」

「す、すごいじゃないか……」

「これを飲めば人の限界を超え、ただ一戦だけだが、ピュアメラを圧倒する力を手に入れられる。使った者の、命と引き替えにな」

「なんだって⁉　お、おい。命と引き替えって言ったか⁉」

ベリスは返事をせず、視線を背けた。

「まさか、使うつもりじゃないよな……？」

俺は恐る恐る尋ねる。

でも、返事を聞く前からもう、答えは分かっていた。

「もちろん、使うつもりだ」

ベリスは力強く言った。

「何度も失敗し続けてきた私を、ボスは見捨てなかった。その恩に報いるときが、遂にきたのだ……。これは、ボスがお与え下さった、最後のチャンスだ」

「バカを言うな！　飲んだら死ぬんだぞ!?」

「だが、ピュアメラは葬れる。強化薬の有効性も示すことだってできる。我らがシャグラットを、世界征服の野望へと導くことができるのだ」

「死んだら元も子もないって、言ったのはベリスじゃないか！」

「そうだったな……」

ベリスは穏やかな微笑みを浮かべた。

だが、その笑顔の向こうには、固い決意が見て取れた。

「おっ、俺は、そんなのイヤだ！　逃げよう、ベリス！　俺といっしょに、シャグラットから！」

「そんなことはできない。分かっているだろう」

そう言ってからベリスは、悲しそうに笑った。

「だが……、あなたの気持ちは嬉しいぞ」

「くっ……」

俺は必死で考え、説得の言葉を探した。

でも、見付からなかった。

ベリスのボスや組織に対する忠誠は、長年の積み重ねによって培われてきた、心からのものだ。

いま俺がなにか言ったところで、覆せるものではない。

心……。

そう、心だ――。

果たしてベリスの心に、俺はいるのだろうか……？

もし――。

もしも……。

「…………。本気……なんだな……？」

短い時間、考えたあとで、俺は尋ねた。

「ああ。本気だ」

ベリスは頷き、はっきりと返事をした。

「本当に、本気なんだな？」

「そうだ」

「だ……、だったら……」

俺は少し間を置いてから、ベリスの目を真っ直ぐに見て言った。

「だったら、最後に俺とセックスしてくれよ！　ベリスは俺の女なんだから、それくらいいいだろっ⁉」

ベリスはぽかんとなって俺を見返した。

そのあとで、呆れたような笑いを漏らす。

「しょうがないな……。あなたは、こんなときまでエッチなんだから……」

そう言って、小さく溜め息をついた。

「でも……、そうだな……。作戦が始まるまでは、悔いのないように過ごしたい。存分に愛し合おう」

「ああ。そうだ……。悔いを残さないように、めいっぱい楽しもうぜ。最後まで……」

でも俺は、今日をその『最後』にするつもりは、さらさらなかった。

俺は確かに、世界を革命したくてシャグラットに加わった。

最終兵器の力で、正義の陣営を叩き潰すことができれば、野望は成就し、世界は革命される。

でもその新しい世界に、ベリスがいないなんてまっぴらゴメンだ。

最初は確かに、勢いだったり、日頃のパワハラの腹いせだったりしたけど――。

いまでは本当に、心の底から、ベリスを愛おしいと思うようになっていた。

ベリスを失いたくない……。

世界征服もピュアメラも、もうどうだっていい。

シャグラットなんか、どうとでもなれだ！

部下の命をなんとも思わない組織に、忠誠を誓う理由などない。

俺はなんとしても、ベリスを守ってみせる——！

「……おい。これは……どういうつもりだ？」

尋問室で椅子に手足を拘束され、乳房と股間を露わにした状態でベリスが不満げな声を漏らす。

「最後のセックスなのに、ベリスの部屋でしてたら邪魔が入るかもしれないだろ？　でも、地下の尋問室なら誰も来ないと思って」

「それは分かるが……。拘束までする必要があるのか？」

尋問室の椅子の拘束具は、捕まえた正義の超人でも簡単には逃れられないような仕掛けが施されているので、ベリスの怪力を持ってしてもほとんど身動きができない。

「Mっ気のあるベリスなら、こうされたほうがきっと興奮するぜ」

「そ、そうなのか……？」

ベリスの瞳がにわかに輝き、頬がほんのり紅潮した。

「あとは、こいつだな」

「なっ、なんだその、怪しい器具は……」

俺が手にしたバイブとローターを見て、ベリスが慌てた声を上げる。

「ドMなベリスにぴったりのものさ」

「まっ、待て……。そういうものは、さすがに……。あああっ!?」

俺は身動きできないベリスの乳首にローターを貼り付け、バイブの先端をアナルと秘孔に押し当てると、すぐにスイッチを入れる。

「んあああっ……!? やや、やめ――。ひぃいぃんっ……!?」

怪しいオモチャの振動音と、ベリスの戸惑いのまじった悲鳴が部屋に響く。

俺は構わず、激しく震える器具をベリスの両方の穴に押し込んだ。

「あひぃいっっ!? いっ、挿れるなっ……あああっ!? 身体が……おかし

くなるっ……！」

　バイブの振動のせいか、それとも両穴に挿入された卑猥な器具を振り落とそうとしたのか、ベリスは情けない格好で全身をのたくらせた。

「簡単に入ってってったぞ。穴の中、ぬるぬるじゃないか。やっぱり拘束されて興奮してたのか？」

　言いながら、さらにバイブをぐいぐい突き挿れてやる。

「ああんっ⁉　むりやり挿れてるだけだっ！　──ふあああっ、それ以上……入らないっ……。あぁ～～～っ……！　抜けっ……！　いますぐ、そいつをっ……！」

「抜けと言いつつ、しっかり咥え込んでるように見えるぜ？　もう感じてきてるんだろ？」

「そそ、そんなことは……ない……。ううくぅ……。はぁ……。あぁうっ……。こっ、こんな……おかしなもので……、感じるわけが……。あぁふぅ……。はふ……」

　俺に言われて意識したのか、否定の言葉を吐きながらも、ベリスはバイブの刺激に反応し始めていた。

「んんぅ……。早く……抜いてくれ……。あぁ……。この……、太くて……震えるやつを……。あああ……ふぅ……。くふぅ……」

「ん？　こうすればいいのか？」

　とぼけてみせながらバイブのスイッチを操作し、振動を強くしてやる。

「あふぅっ……⁉　ひぃっ──！　やめろっ！　強くするなっ……！　あああぐっ……。震えるぅっ……！」

「やっぱり感じてるんじゃないか！」

「ああはぁ～～～んっ……！　こっ、こんなのっ、むりやりだっ……。あふぅっ……。ひぃぃっ……!?」

　バイブに激しく揺さぶられた大事な穴からは淫らな蜜が滴り出て、卑猥な器具の振動音にまじっていやらしい水音が聞こえていた。

「あぐぅ……。抜け……ぇ……。はぁぁんっ……！　こんなもの……、要らない……。んん……ふぅ……。はぁ……。あはぁん……」

　刺激を堪えながら、ベリスは俺を睨んだ。

「こんなのより、チンポのほうがいいか？」

「うぅ……。もう……、どちらも……要らない……。私には、大事な任務があるのだ……。だから――。ああうぅ……。早く、こいつらを抜いて……、拘束を……解けっ……！」

　やはり今日のベリスは、ボスの命令や任務のことが頭にあって、プレイに集中できないでいるみたいだった。

「私は……、こんなことをしている場合では……なかったのだ……。んん……、ふくぅ……。もう……、充分だ……。終わりにしてくれ……」

　そんなわけにはいかなかった。

ここで終わりにしてしまったら、俺はベリスを永遠に失うことになる。

だからなんとしても、ベリスを——、ベリスの心を、ボスの命令から、組織から、引き離してやらなくてはならない。

「ベリスが俺とのセックスを心から楽しんでくれたら、外してやるぜ。これが最後なんだ。俺の願いを聞いてくれよ」

真面目くさった口調で言うと、ベリスは少ししんみりした顔付きになった。

「そ、それは……、私だって——。はうぅ……。できることなら……、んん……ふぅ……。——そうしたいが……」

「だったら、さ……？　いつもみたいに、感じまくってチンポを欲しがってくれよ」

そう言って俺はまた、バイブとローターの振動を強めてやるのだった。

「んひいいいっ——⁉　ままま待てっ……！　これは……やりすぎ……。あああふぅっ……！　あひぃんっ——？　掻き回されるぅっ……！」

「なんだって？　掻き回して欲しいのか？」

ベリスの膣に収まったバイブの柄を手で掴むと、ぐりぐり動かす。

「あああんっ……！　そうじゃないっ！　くふぅっ——⁉　手で……、そんな……。ああっ……！　動かすなっ！　んひぃっ……⁉　そっ、そんなふうにっ、されたらっ……。ああぐぅ……」

「されたら、なんだ？」

「感じすぎて……。んん……、はふぅっ……。気持ちよく……なってしまう……。……はぁ……、あぁんっ……!?」

刺激にヒクヒクと身体を痙攣《けいれん》させながら、ベリスは遂にバイブで感じていることを認めた。

「まさに、そうなって欲しくてやってるんだぜ！」

畳みかけるならいまだった。

俺はベリスの後ろの入り口に突き挿れたバイブの柄も握り、震える棒で前後の穴を同時にまさぐってやる。

「お尻っ――！　はひぃっ……!?　んんふぅっ……。ムズムズすごいっ……！　ああ……ひぃんっ!?　ダメぇっ……！　あああ～～～んっっ……！」

ベリスはうっとりと、悦びの声を発した。

「いつもの調子が出てきたな。どうだ？　こんなものより、本物のチンポが恋しくなってきたんじゃないか？」

問いかけながら、敏感なふたつの穴をなおもバイブで責め立てる。

「あんっ……！　あひぃんっ……!?　奥まで……揺さぶられるっ……！　ああぅ……。もっと……、刺激が欲しくなっちゃうっ……！　震えるだけじゃない……、もっと……硬くて……、温かくて……、気持ちのいい……」

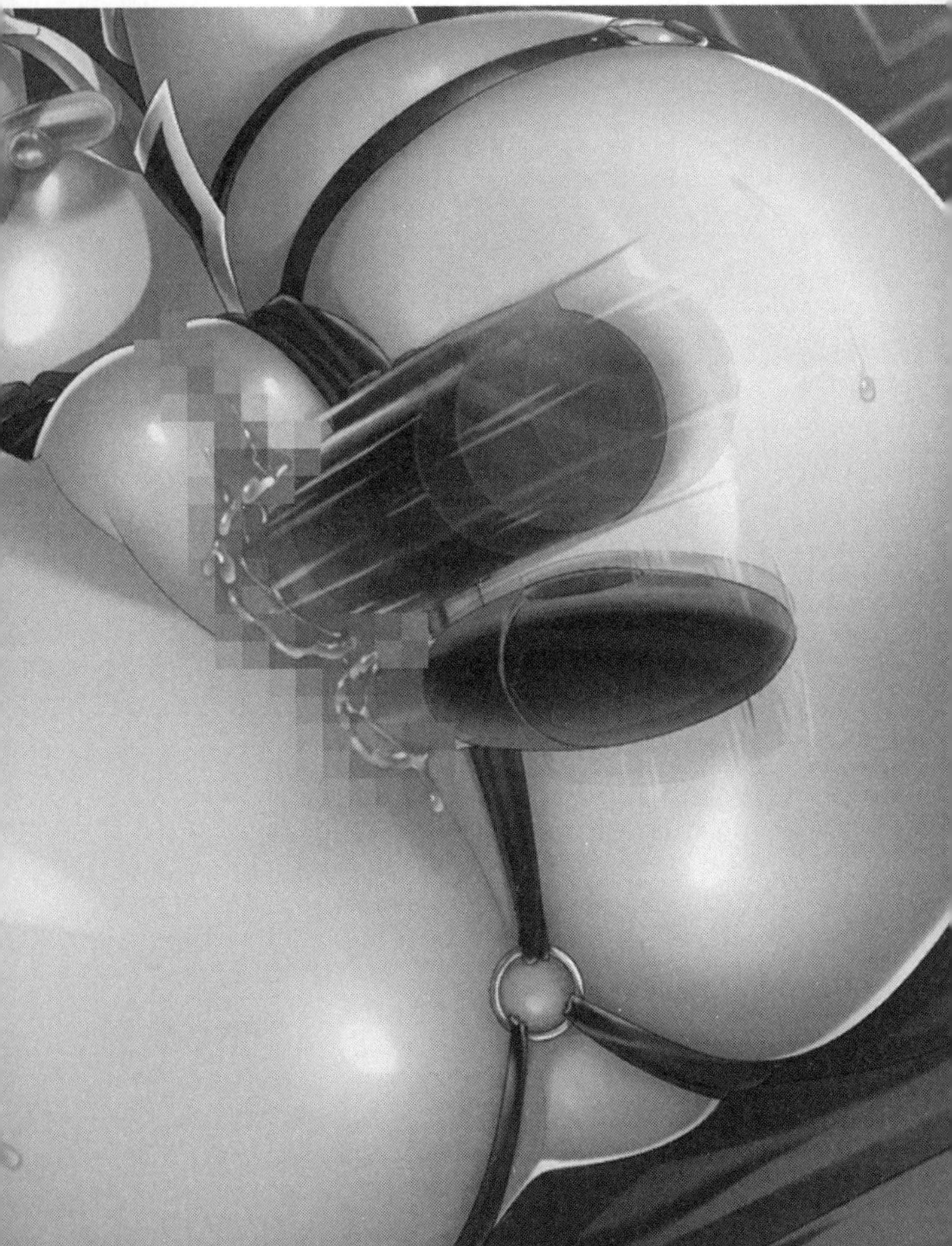

「それはなんだ？」

「それは……。あぁ……。はあぁんっ……。あぁぁんっ……！」

「ちゃんと言えよ」

「お……、おチンポ……！　あなたの……、おチンポが欲しいっ!!」

震える器具に全身を揺さぶられ、刺激と快感に悶えて淫らな体液を滴らせながら、ベリスは懇願する。

「こんなものじゃ……足りないっ！　生のおチンポを、ナカに突っ込んで、ザーメン注いで欲しいっ――――！……っあああ……、下さいっ！　あなたのおチンポ……、いますぐにっ！」

両穴にバイブの収まった股間をぐいぐい突き出して、俺のものをねだった。

「いいぜ！　挿れてやる！　いますぐに!!」

ベリスの前の穴に収まったバイブを乱暴に引き抜くと、ぽっかり口を開いた牝穴に、股間のいきり勃ちをすぐさま突き立てた。

「あああぁ〜〜〜んっっ……!?　おチンポきたっ！　――あああっ、温かいっ……！　本物の……おチンポっっ!!」

発情しきった秘肉を掻き分け、俺のイチモツはベリスの膣内に一気に根元まで潜り込んだ。

「ひぃんっ……!?　奥っ――――！　奥にっ……、硬いのぶつかってるぅっ……!!」

早くも達したらしいベリスが、総身を狂おしく悶えさせる。

「まだまだ、始まったばかりだぜ！」

俺は間髪を容れずに抽送を繰り出した。

ガチガチにいきり立った肉の棒が、膣壁のヒダをガリガリ削る。

「あぁんっ……!?　いっぱい擦れてるっ――――！　んふぅっ……!?　ふあああっ、気持ちいいっ！　やっぱり、本物……いいっ！　あはぁんっ……！」

　ベリスは随喜の涙をこぼしながら、嬉しそうに声を上げた。

「生のおチンポ、もっと奥に……！　オマンコで、おチンポいっぱい食べたいっ！　子宮に精液いっぱい欲しいっ！」

　愛の液体に覆われた膣肉が俺自身に絡み付き、快感のエキスを搾り出そうとして竿をぎゅうぎゅう締め付ける。

「んひいいっ!?　後ろからもくるぅっ……！」

　下半身に力を籠めるとアナルに食い込んだバイブの振動をより感じるらしく、ベリスは尻を引っぱたかれたみたいに股間をガクッと前に突き出した。

　いきおい、前の穴に挿入された剛棒が膣の奥まで入り込み、その先端がトンネルの突き当たりを思い切り叩く。

「ひぐぅっ……!?　前からも、後ろからもっ、気持ちいいの……くるっ！　はぁあんっ――！　いっぱい感じるっ！　んんはぁっ……！　おかしくなるぅっ！」

「いいだろ、本物のチンポは!?　俺も、ベリスのオマンコに挿れられて、気持ちいいぞ！」

「あああ、嬉しいっ！　あなたに求められて、こうしてるときが、いちばん幸せ！」

　蕩けた顔で微笑み、叫ぶように言った。

「俺だって、そうだ！　お前と離れたくない！　これからもずっと、何度だって、ベリスとセックスしたいっ！　ふたりでいっしょに気持ちよくなって、そうして……、お前を、孕ませたい！」

「私も――。……あぁ、だけど……」

ボスから与えられた任務のことを思い出したのか、ベリスは悲しげな表情を浮かべ、言葉を濁らせる。

「死ぬな、ベリス！　あんな……部下の命をなんとも思っていないやつなんかの言うことを聞くなっ！　俺はお前が好きだ、ベリス！　生きて、これからも俺とセックスして、俺の子を孕んでくれっ！」

だめ押しとばかりに言葉を浴びせた。

「あ……あぁ……。あなた――。私……も……、あなたのことが、好き……。死にたくない。あなたともっといっぱい、エッチしたい。あなたの子を、孕みたいっ！　だっ、だからっ――！」

ベリスは遂に、本心を口にした。

俺の子種を求めるように秘孔が蠢《うごめ》き、胎内に収まったそそり勃ちを包み込んでしごく。

「孕ませてやるっ！　これからずっと、俺とお前はいっしょだ！　いつまでもっ！」

「うっ、嬉しいっ！　私も、ずっといっしょにいたいっ！　きてっ――！　出して、精液――。あなたのザーメンで、私を孕ませてっ！」

「ああ、いくぞっ！　ベリス！」

俺はスパートをかけるように、小刻みのピストンを繰り出した。

「あんっ!?　あぁんっ！　ああ～～っ……！　おチンポ感じるっ！　きてきてっ――――！　そのまま、精液出してっ！」

ベリスも拘束されたままで必死に股間を揺すり、ともに絶頂へと駆け上がってゆく。

「愛してるぞ！　ベリス――――！」

ひときわ大きく腰を突き出し、ベリスの子宮を目掛けて思いの丈を解き放った。

「あああぁ～～～っ……！　ザーメンくるっ！　子宮に……、ぴちゃぴちゃ入ってくるぅっ……！」

特別仕立ての拘束椅子を壊さんばかりに全身を振り乱し、潮を撒き散らしながら絶頂する。

「んんっ……あぁんっ！　嬉しいっ――――！　これからもずっと、こうやってザーメン注いで欲しいっ！　あなたのおチンポで、イカせて欲しいっ！」

「ああ、俺も！　ベリスを何度だってイカせてやりたいっ！　イヤってくらい、種付けしてやりたい！　俺たちは、ずっといっしょだ！」

とどめのように奥を突き上げ、快感の液体を続け様に注ぎ入れた。

「あああんっ!?　精液いっぱいくるっ！　ほんとに孕むっ……！　あああっ……。ふあああ～～～っっ………!!」

バイブとローターの刺激も相まって、ベリスはかつてないほど激しい絶頂を迎えた。

「……うぅ……、はぁ……。あぁぁん……。やっぱり……、あなたのおチンポ……すごい……。はふぅ……。この悦びを、知ってしまったら……、たとえ命と引き替えに……ピュアメラを倒したとしても……、未練が残ってしまう……」

「だろ？　だから、俺といっしょにシャグラットを抜け出して、逃げるんだ」

「でも……、逃げ切れるとは……思えない……」

「心配するな。俺に考えがある」

「それは……、どんな……？」

「俺に任せておけ。それよりいまは――」

俺は椅子の拘束を外し、ベリスの身体からバイブとローターも引き剥がした。

「お前の大好きなチンポで、思う存分イカせてやる！」

俺が言うと、ベリスは嬉しそうに抱き付いてきた。

それから俺たちは、なにもかも忘れてお互いを求め合った。

そのあとは、ベリスの家に場所を移して、そこでもひたすらセックスしまくった。


……翌朝の、まだ早い時刻――。

何度も絶頂を体感した果てに疲れて眠ってしまったベリスをベッドに残し、俺は静かに家をあとにした。

そのままひとりでアジトに向かうと、失敬してきたベリスのＩＤカードを使い、侵入できる限りの部屋から、ありったけの機密書類やデータを持ち出した。

この情報をピュアメラたちに渡せば、俺とベリスの裏切りが発覚する前になんとかしてくれるかも知れない。

いや。してくれるはずだ。

これをやつらに届ける方法は分かっている。

俺は往来の真ん中で立ち止まり、空に向かって叫んだ。

「助けてピュアメラ!!」

＊　＊　＊

かくしてシャグラットは滅んだ。

シャグラットは悪の組織に違いなかったが、文書やデータの管理は厳正で、俺が盗み出した書類には、組織や幹部、怪人についての情報が、改ざんも捏造も粉飾も隠蔽もなしに、事細かに記録されていた。

すべての弱点を把握した正義の味方の一団は、あっという間にシャグラットを壊滅に追い込んだ。

もちろん、ベリスに関する情報はあらかじめ抜き取ってあったので、俺たちは無事に『最終決戦』を回避することができた。

「これで私はもう、シャグラットの幹部ではなく、ひとりの女になれたのだな」

「俺ももう、シャグラットの戦闘員ではなく、ひとりの男だ」

俺たちはベリスの部屋で互いの身体を強く抱き締め、生き延びられた幸せを確かめ合った。

「もう組織も世界征服も関係ない。愛し合う、ただの男女になれたのだ」

ベリスは嬉しそうに言った。

「あのとき、あなたが止めてくれなければ、私はいまごろ……」

ベリスが始めようとした悲しい話を、俺は遮《さえぎ》った。

「そんなことには、俺がさせない！　この先もずっと、お前を守る！」

ベリスは困ったように微笑んで、小首をかしげた。

「そう言ってくれるのは嬉しいが……。守るのはどちらかというと、私の役目にならないか？」

「それはそうかも知れない！」

弱っちいから万年下っ端戦闘員だった俺は、素直に認めた。

「そんなことより――。あなたには……、もっとして欲しいことがある……」

はにかみながら言うと、ベリスは着ていた服を脱ぎ捨てた。

「おおおおっ⁉」

ベリスは胸と股間がハートの形に切り抜かれている、エロ下着を身に着けていた。

生地の素材も透け透けで、なんともいやらしい……。

それを目にした途端、俺の股間は直ちに反応し、あっという間にガチガチに隆起した。

「ふふふふっ……。相変わらずあなたは、節操がないな……」

嬉しそうに笑ったベリスの秘所も、俺が触れる前から蜜を溢れさせ、鈍い光を放っている。

「いいぜ。ベリスの欲しいものを、たっぷりくれてやる！」

その言葉を聞くなり、ベリスは俺の前に跪《ひざまず》いて、目をキラキラ輝かせながらそそり立った肉の棒に顔を寄せてきた。

「それなら遠慮なく、もらうとするぞ」

吐息にくすぐられてビュクビュク震える肉の棒を手で捕まえるや、その先端をぱっくりと口に咥えた。

「ん……、あ……あむっ。んん……んっ……。大きい――。ふふふっ……。はむっ……、んっ……。ちゅ……。はふっ……」

「おおっ……！　あっ、熱いっ……！」

身体の先が温かくてぬるぬるした口内に放り込まれたと思ったら、亀頭を思い切り吸い立てられた。

「んじゅるっ――。ちゅ……、ぷはっ。あんっ……んっ……。はふっ……。はむっ……、れろぉっ……！」

激しいバキュームとともに、竿に絡み付いた舌がカリの溝や裏スジを撫で回す。

すさまじい快感に下半身がひとりでに前後に振れ動き、足はガクガクと震えて立っていられなくなりそうだった。

慌てて踏ん張ると股間に力が籠もり、ガチガチに勃起した肉棒がベリスの口内で跳ねる。

「ああんっ……？　んっ……じゅぷっ……。はぁ……。あむっ。れろっ、ちゅぱ……」

いきり勃ちの先で喉を突かないように膨れた棒をしっかり支えながら、ベリスは口を動かし続ける。

「んふっ……。気持ちよさそうだな。──はぁ……、んむ……。先っぽから、しょっぱいのが出てきたぞ。……ちゅ……、れろ……。はむっ……んぐ……、じゅるっ……」

　鈴口から溢れた先走りの液体をすぐさま舐め取り、尖らせた舌の先で尿道をほじくってくる。

　ピリピリした鋭い快感が股間を突き抜けた。

「んっ……、んふぅ……。おチンポ、嬉しそうに震えてる……」

「生き延びられた喜びを噛み締めてるところさ」

「ふふっ。私も、嬉しいぞ……。もう上司だの部下だの組織だの、そんなも

のには構わずに、好きなだけあなたとエッチなことができるのだからな」

幸せに浸るようにしみじみと言って、口の動きを加速させてゆく。

「はぷっ……じゅる……。はぁ……、あん……。んっ、おチンポ……、もっと……、気持ちよく……。ふあぁ……。ん……、ちゅぷっ。ちゅるうっ……！」

掻き回される唾液が亀頭を洗い、ヘビのように蠢く舌がカリと肉竿を擦り上げる。

怒濤のように押し寄せてくる快感に、俺のものは早くも限界をきたしそうだった。

「はぁ……あぁん……。おチンポ、ドクドク脈打ってる……。はむっ……、ん……んぐっ……。あああっ……。口から飛び出してしまう。んんっ……、はぁむっ……」

暴れたくる肉の棒を追いかけて、ぱっくりと咥え直す。

敏感な棒の先が、上あごの突起に力いっぱい擦り付けられた。

「くぅっ……！」

股間に響いた刺激と快感に、足と腰がガクガク震える。

「あぁんっ――！　逃げないでっ……。んんっ……はむっ……。んむぅっ……！」

俺のものに必死で食らい付くベリスが、こぼれ落ちそうになった肉棒を急いで口内に押し戻す。

「んちゅ……。ちゅぱっ……、はぁっ――。あむっ……、んっ、れろっ……。あんっ……。ん……じゅるぅっ……！」

太い幹を力を籠めて舐め回しながら、先っぽを激しく吸い立てた。

「おおおっ！　吸い出されるっ――――！」

身体の奥から熱いものが込み上げてきて、肉筒が破裂せんばかりにビクビク打ち震える。

「んっちゅ……じゅるっ。きてっ、精液――――！　はふっ。んぐんぐっ、ちゅぱっ！　いっぱい、出してっ！　んんむっ……。んじゅるぅっ……！」

肉棒に滴る唾液をベリスがすすり上げたとき、その勢いに釣られたように白い欲望が噴出した。

「んんぐっ！　んむぅっ――――!?　はふっ、じゅるっ！　あぁんっ……!?　いっぱい出たっ！　はふっ……。はぁむっ……！　んっ……、じゅるぅっ……!!」

口内に注がれた粘つく液体を、ベリスは余すことなく飲み干してゆく。

「んっ……ゴクッ……。ぷはぁっ――。はぁ……。あぁんっ……。濃厚なのに、こんなにたっぷり出た……。はぁ……。幸せ……。ふふふっ……。あなたの精液……、もっと欲しくなる……」

竿にこびりついた白濁を舐め取りながら、まだ硬いままの肉の柱をとろんとした目で見上げる。

「太くて硬いおチンポを……、もっと……気持ちいいところに――。はぁ……。欲しい……。あぁん……。ここに……、挿れて……」

俺に向かって下半身を突き出すと、秘めやかな場所にやった指で、淫らな割れ目をがばっと広げてみせた。

発情しきった女の裂け目は、蜜壺から溢れた愛液でぐっしょりと濡れそぼっていた。

テラテラと妖しく輝く秘肉に引かれるように、俺のイチモツがいきり立つ。

「いいぜ。俺も、ベリスのナカに挿れたくてたまらねえ！」

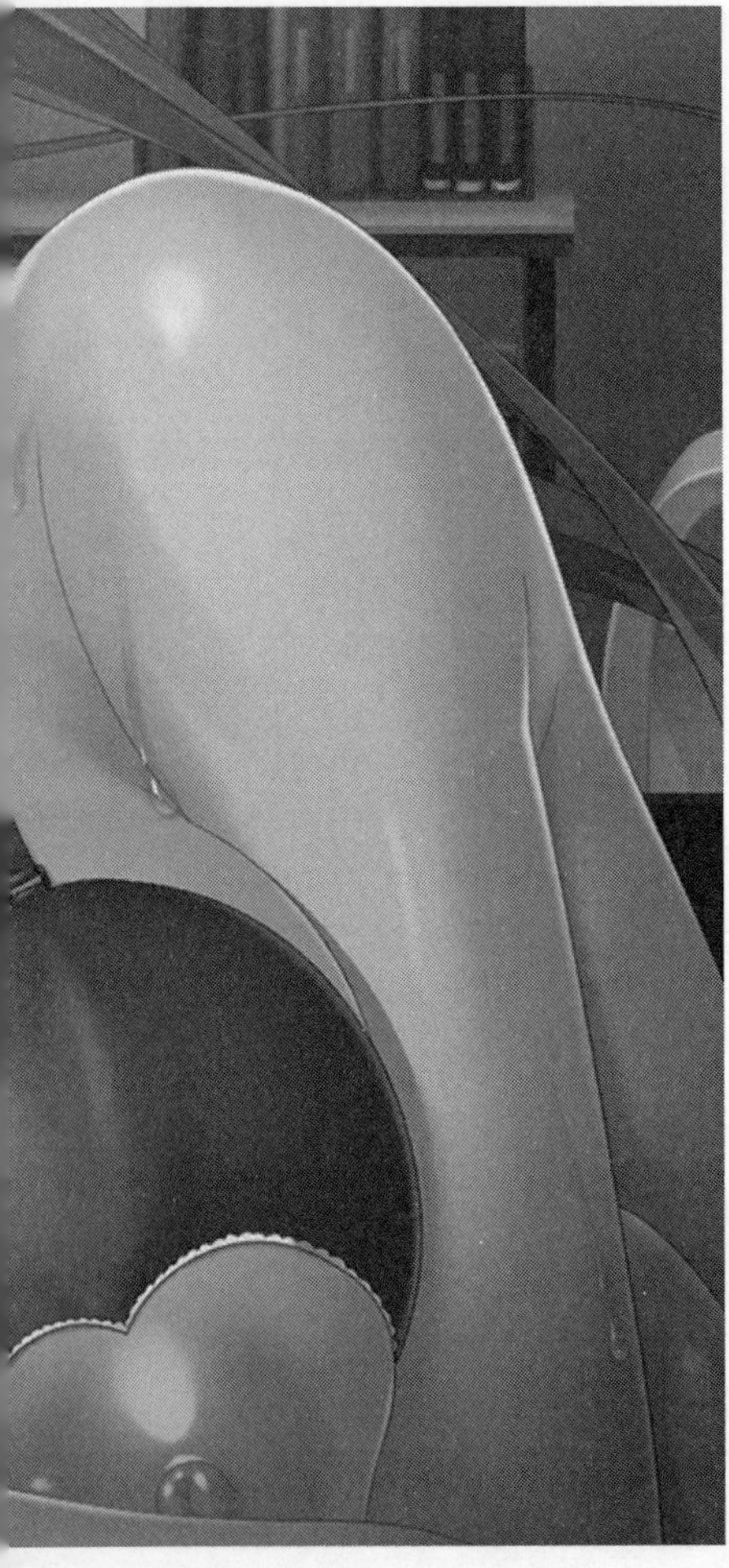

がばっと起き上がると、すぐさまベリスのお尻に取り付いた。

「だ、だったら、早く……、おチンポを……」

「ただ挿れるより、こうしたほうがベリスは嬉しいだろ？」

そう言って俺は、よだれを垂らして挿入を待ち受けるベリスのお尻を、平手で引っぱたいてやる。

「あぁんっ……⁉」

乾いた音とともに、ベリスの甲高い声が部屋に響いた。

「ひゃんっ……！　んひぃっ……⁉　ああ～～っ！　意地悪……しないでぇ……。はぁんっ……！」

そう言いながらも、お尻を叩かれるたびに艶めかしく身体をくねらせる。

「あはぁんっ！　ああっ、ひんっ……⁉　んん……。痛いのが……、子宮に響く……。ああ……、オマンコ……うずうずしちゃうぅ……！」

揺れ動く下半身から、淫らな体液が滴った。

「早く……精液欲しいっ……。あああ……。あなたの子種を……子宮に注いで、孕ませて欲しい……。もう、誰にも気兼ねする必要は、ないのだから……」

「ああっ！　望み通りに、孕ませてやる！」

そそり立った股間のものをベリスの秘所にあてがうと、ひと思いに突き出した。

「はぁんっ――!?　ああ～～っっ……!!　おチンポくるっ……！　一気に……、奥までぇっ……！」

肉壺の中に満ちていた愛の液体を押し出しながら、膨れた欲棒がずぶずぶと根元まで収まってゆく。

「うおおおっ！　ベリスのナカ、ぐっちょぐちょだ！　チンポが溺れちまうっ！」

熱い泉の中でもがくように、股間のものが跳ね動いた。

「んんっ！　おチンポ……、中で暴れてるっ……！　気持ちよさそうに、オマンコの中で……泳いでるっ……。はぁ……、あぁん……。私もっ……、あなたの精液で……溺れたいっ！　子宮にいっぱい、ドロドロしたのを注いでっ……！」

ザーメンを搾り出そうと、俺のいきり勃ちにベリスの膣肉がぬるぬる巻き付いてくる。

「ただ挿れて出すだけじゃつまらないだろ！　たっぷり味わおうぜ！」

そう言って俺は、ベリスのお尻をまたしても引っぱたく。

「ひぃんっ……!?」

不意打ちに驚いたベリスが、声を上げて身を強張らせた。

女の穴がキュッと引き絞られ、胎内に収まった肉棒をぎゅうぎゅう締め付ける。

「あはんっ！　ああっ……、すごいっ！　お尻……叩かれると、おチンポもっと感じるっ！　ふああっ……。硬いの……、オマンコに……いっぱい擦れるぅっ……！」

「俺もベリスを、いっぱい感じてるぜっ！」

そのままお尻を叩きながら、猛然とピストンを繰り出した。

「あひんっ!? あぁんっ！ すごいっ……！ お腹に……ずんずん響くっ！ ……っはぁ……。あぁんっ！ ああ～～っ……！」

お尻を叩かれるたびベリスの秘孔はすぼまり、快感をもたらす摩擦が強くなる。

肉壁からは愛の液体が止め処なくにじみ出て、勢いを増す抽送を手助けした。

「ふあぁっ……！ んひぃっ……!? 感じるっ……！ あああっ……。おチンポ……、ナカをいっぱい引っ掻くっ……！ はあぁんっ……！ 気持ちいいっ……！」

肌のぶつかる乾いた音と、卑猥な水音を響かせながら、俺たちは激しく繋がり合う。

「あぁんっ……！ 恥ずかしい音……、聞こえる……。んふぅっ……。恥ずかしい……けど……、気持ちいいっ……！ 気持ちよくて、すごく……幸せっ……！ はあぁっ……。ずっと……こうしていたいっ……！ ずっとあなたの、おチンポの世話をするっ……！」

「俺だって、ずっと放さないぞっ！ ベリスとこうしてるときが、いちばん幸せだ！」

「あああっ、嬉しいっ！ あなたの女になれて、心から幸せ！」

「ベリス！ ベリス！」

大切な人の名を呼びながら、絶頂に向けて小刻みの抽送を見舞う。

「はぁんっ……！ ああっ、すごいっ！ おチンポを……、あなたを、いっぱい感じる！

――きてっ！　そのまま……、濃いザーメンを子宮に入れてっ！　あなたの子種で、私を孕ませてっ……！」

精液を搾り取ろうとする膣がうねりながら収縮し、俺自身を膣壁のヒダでしごき上げるようにして蠢く。

俺のイチモツはそれに応えて、ベリスの胎内でひときわ大きく脈打った。

「あはぁんっ……!?　おチンポドクドク言ってるっ！　精液くるっ！　あああっ、濃厚ザーメン、子宮でたっぷり飲みたいっ！」

「いま、出すぞっ！　ベリスが孕むまで、何度だって入れてやる！」

「きてっ！　あなたの精子で、絶対に孕んでみせるからっ……！」

揃って腰を使い、スパートをかける。

「はぁんっ――!?　ああ、すごいっ……！　くるっ！　精液くるっ……！　ふあああああっ!?　私も……、イッちゃううぅっ――！」

「いっしょにイクぞ、ベリス！」

「あああっ、嬉しいっ……！　あなたと、いっしょがいいっ！」

「俺たちは、これからずっと、永遠にいっしょだ！」

素早く腰を振りたくり、愛する人の胎内で敏感な棒を擦り上げる。

「いっ、イクぞっ――！」

ガクガクッと股間が痙攣し、熱い想いが一気に溢れた。

「あああ〜〜〜んっっ……!! きてるっ！ 濃いのいっぱい……、子宮に注がれてるっ！」

ベリスは嬉しそうに叫び、悦びと幸せを噛み締めるようにぞくぞく身を震わせる。

「くぅっ――！ まだ……出るぞっ……！」

絶頂の衝撃に喘いでヒク付く膣口でしごかれた肉棒は、さらに快感の液体を噴き上げた。

「ふあああっ！ 熱いっ……！ はあんっ――!? お腹の奥に、ぶつかってるっ！ ああぁんっ!? ああっ、幸せっ……。幸せすぎて……、いっ、イッちゃうっ……！ いい、イクッ！ イクイクぅっ〜〜っ!!」

声を上げるとともに総身をのたくらせ、股間から盛大に潮を撒き散らした。

「はあぁんっ――、もっと……。もっと精液入れてっ……！ 確実に……孕むくらい……。あなたの子種を、子宮の中に……、入れて欲しいのっ！」

随喜の涙がにじんだ目で俺を見やり、懇願する。

「ようし、だったら……、こうしてやるっ――！」

下半身に力を籠め、ベリスが大好きなもうひとつの液体も注ぎ入れてやる。

「あああ〜〜〜っ……!? きたきたっ！ どんどんくるっ……！ オシッコ、子宮に精液押し込んでるっ……！」

勢いよく放たれた尿が、ベリスの膣内を満たしていった。

「はぁ……、あぁん……。精液……、いっぱい……。子宮に……入った……。あぁ……」

秘孔に挿入された太いものとの隙間から、いろんな液体と混ざり合いながら大量に溢れ出てきた白濁を見て、ベリスは上気した顔で嬉しそうに微笑んだ。

「ふふふっ……。これだけ入ったら……、本当に……孕むかも……」

「そうでなかったら、またたっぷり注いでやるさ。もう任務や訓練に明け暮れることもない。ふたりの時間は、いくらでもあるんだから……」

俺たちは幸せな未来を思い描きながら、いつまでも繋がり合っていた。

エピローグ

悪の組織から足を洗った俺はいま、ことあるごとに『ギーッ！』と叫ばなくてもいい、普通の職場に勤めている。

待遇は相変わらず下っ端のままだが、職務経歴書がなくても雇ってもらえたのだから文句は言うまい。

普通の会社には悪の組織とはまた違った苦労があるが、最強無敵のベリス様の元で鍛えられた俺には屁でもない。

野望を果たすことは叶わなかったけど、あの日々もまあ、無駄ではなかったということだ。

それに、世界を革命することはできないが、普通の会社にもいいところはある。

愛する人の待つ家に、定時で帰れることだ。


「お帰りなさいっ、あなた！」

俺がノブに手をかける前に、エプロン姿のベリスが中から玄関のドアを開けて出迎えてくれる。

「ただいま、ベリス。また足音で気付いたのか。もう敵を警戒することなんてないのに、いつまで経っても癖が抜けないな」

「でもお陰で、誰よりも早くあなたに気付ける。それにいまは、あなたのほかにも守るものがあるからな」

ベリスは言って、大きくなったお腹に目を落とした。

「ああ、俺も、気合いを入れて働かないといけないな」

靴を脱いで家に上がると、ベリスのお腹をさする。

「ん……？　もしかして、また下になにも着てないのか？」

よく見ると、エプロンの下は裸だった。

「こっちのほうが落ち着くんだ」

ベリスはばつが悪そうに視線を逸らした。

シャグラットにいた頃は、ほとんどの時間を水着みたいな戦闘服で過ごしていたので、普通の服は馴染まないらしい。

「まあ、ある意味、いまはこれがベリスの戦闘服か……」

「それに、なにも着ていないと、すぐにあなたにご奉仕できる」

そう言って、ちょっと照れたようにもじもじする。

エプロンからはみ出た大きな胸やお尻が揺れるのを見ていると、仕事の疲れなんかすぐに吹き飛んで、活力が漲《みなぎ》ってくる。主に下半身に……。

「さあ。お腹が空いただろう。用意はできてるぞ」

「そうだな。たっぷり食べるとするか」

俺は言いつつ、ベリスの身体に手を回す。

「あぁん……。もう……。あなたは、結婚しても相変わらずだな……」

「ベリスがかわいいからいけないんだ」

俺たちはダイニングを通り過ぎて、もつれ合いながら寝室に入っていった。

「食事の前に、ベリスのおっぱいが飲みたい」

「ふふっ。赤ちゃんが生まれてくるまでは、あなたのものだ。好きなだけ飲んでくれ」

ベッドに寝っ転がった俺の頭を膝に乗せ、はだけた胸を近付けてくる。

俺は大きく口を開けてそれを迎え、膨らみの先で揺れる、魅惑的な出っ張りにむしゃぶりついた。

「あんっ——。ああ……、はふ……。乳首……、感じる……。んんっ、はぁん……。先っぽ……、どんどん硬くなっちゃう……」

胸の突起を吸われながら、ベリスは俺の股間のイチモツに手を伸ばした。

「ふふふっ……。あなたのおチンポも、こんなに硬くなってる……。ああ……。すごく熱い……。それに、ドクドク脈打ってる……」

掴んだそれの感触を確かめるように指を絡め、竿や亀頭を優しくしごき上げた。

「おおっ……」

乾いた肌が敏感な部分をなぞると、ピリピリした刺激と快感が突き抜けて、腰がビクッと跳ね上がる。

「痛かったか？」

ベリスが心配げに尋ねた。

「いや。いい心地だ。ベリスはチンポの扱いが上手いな」

褒めてやると、ベリスは嬉しそうに微笑む。

俺はお返しとばかりに、ベリスのおっぱいを激しく吸い立て、胸の先端を舌の上で転がした。

「あぁん……。はぁ……。んん……。私も……、気持ちいい……。ふぅ……」

胸からの刺激にぞくぞく身体を震わせながら、ベリスは俺のものをしごく手付きを大きくしてゆく。

「ああ……。おチンポの先っぽから、透明なのが出てきた……。ふふっ……。おチンポ……、感じてくれてる……。あぁ……。私も……、おっぱいで……感じてる……。んんっ、くぅ……。おっぱいが……、どんどん張ってくる……」

はち切れんばかりに膨らんだベリスの胸から、母乳が溢れ出た。

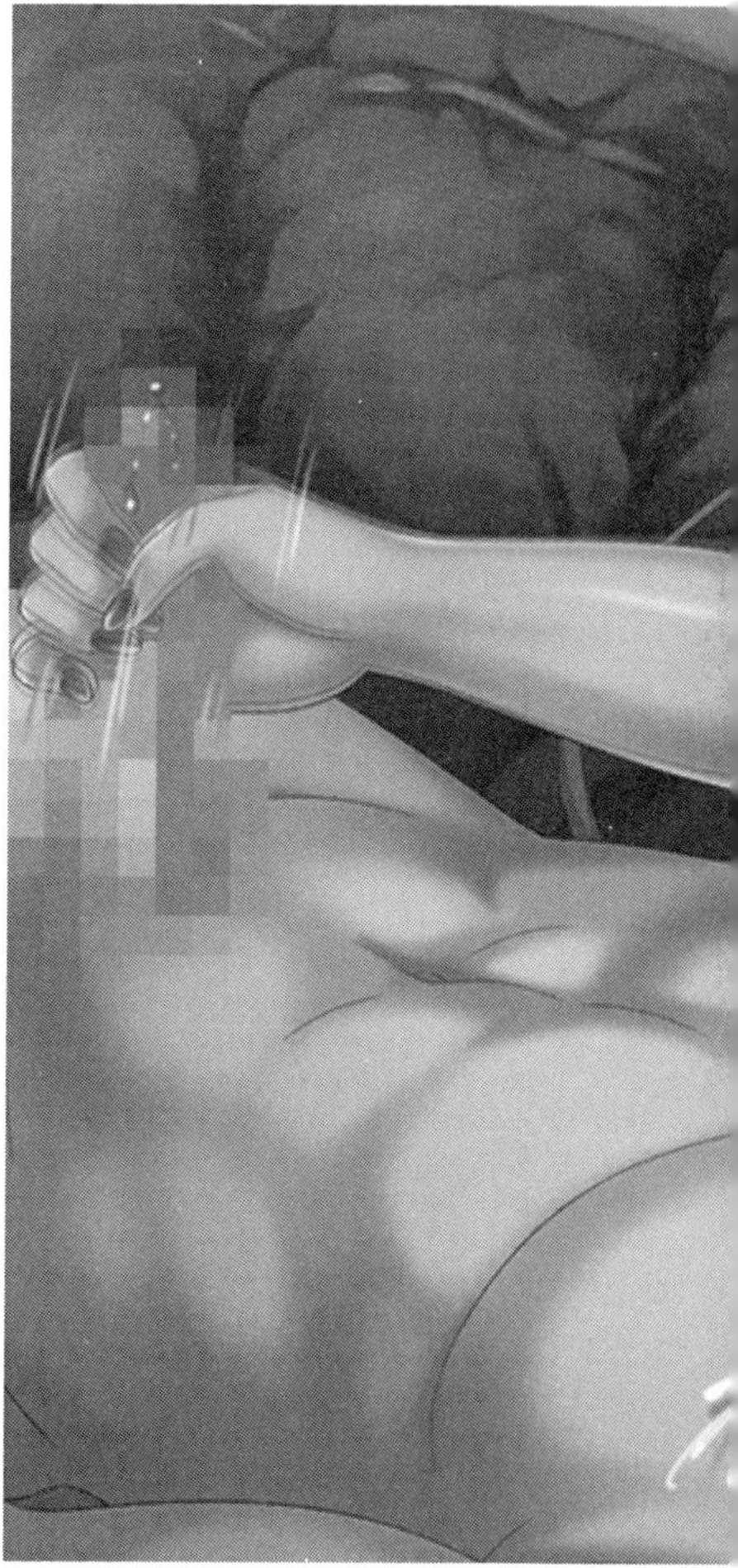

俺はそれを余すことなくすすり、嚥下《えんげ》する。
「んん……あぁんっ……。おっぱい……、出てる……。——はあ……。あはぁんっ……！ んぅ……。胸の中が……うずうずして……。あぁぁっ……。もっと……吸って欲しくなるっ！」
ベリスが声を上げ、もどかしそうに身悶えした。
「いいぜ！ どんどん出せ！ ぜんぶ飲んでやるから！」

ベリスの乳首をちゅうちゅう音を立てて吸い、口内に溢れる母乳の味を堪能する。

「あはぁんっ……!? ああっ、止まらないっ……。んん……ふぅ……。で、でも……、嬉しい……。はぁっ。感じるっ……。おっぱい吸われるの……、気持ちいいっ！ 気持ちよくて……、幸せ……」

「俺もこうしてると、すごく幸せだぞ」

えも言われぬ気持ちの昂ぶりを覚えながら、俺は赤ん坊に戻ったみたいにベリスのおっぱいを求め続けた。

「あああんっ……！ すごいぃっ……。おっぱいのうずうず、止まらないっ……！ ミルクもまだまだ出ちゃうっ……！ もっともっと、いっぱい吸ってっ！」

興奮を表情に漲らせて言い、肉棒を擦り上げる手の動きをさらに加速させた。

ひりつく刺激が敏感な棒に広がって、股間の先がかぁっと熱を帯びる。

ベリスの指がカリや裏スジを引っ掻くたび、腰がビクビク躍った。

「おおおっ——！ 俺も、ミルクが出ちまいそうだっ！」

先走りの液体を飛び散らせながら、ベリスの手の中で俺自身が大きく脈打つ。

「欲しいっ！ おチンポミルク……。でも、私のミルクも、飲んで欲しいっ！」

勢い込んで言うと、ベリスは胸をぐいぐい突き出してくる。

温かく柔らかな膨らみに顔が埋もれ、幸せな感触に包まれた。

脂肪の海で溺れそうになりながら、俺は甘いミルクの滴る出っ張りを夢中になって吸いたくる。

「あぁ……、はぁん……。うふふっ。赤ちゃんみたい……。あぁぁ……。かわいい……。んんっ……くぅ……。幸せ……。もっともっと、吸って……。いっぱいミルク……出してあげるからっ！」

おっぱいを吸われるうちに母性を刺激されたのか、ベリスは嬉しそうに言った。

吸われていないほうの乳首からも母乳が溢れ、俺の身体に滴り落ちる。

「でもっ、私もミルク飲みたいっ！　――ああぁっ。おチンポ……、パンパンに膨らんでるっ！　もうすぐ……ミルク出るっ……！」

早く出せと催促するみたいに、肉棒を掴む手をせかせかと動かした。

「くぅっ――！　激しいっ……！」

欲望と興奮に膨れ上がった股間のイチモツに向かって、身体の奥から熱いものがぐんぐん込み上げてくる。

「ああぁっ！　おチンポ震えてるっ……！　ミルク出るっ！」

嬉しそうに声を上げたベリスが、小刻みの律動でスパートをかけた。

肉竿を激しく擦る手がカリや裏スジをガシガシ突き上げ、痛いくらいの快感が股間に響く。

「おおおっ……！　出るぞっ！」

ガクガクッと腰が震え、そそり勃ちの先から白い噴煙が上がった。

「ふあああっ！　出たっ――！　ミルクがいっぱいっ！　おチンポから……！」

尿道をくすぐりながら白い塊が飛び出し、ベリスの手に降りかかってゆく。

「あぁんっ⁉　熱いっ……。ほかほかミルクがどんどん出るっ……！　――はぁ……。あふぅ……。すごい勢い……。濃いのが……、こんなに……」

俺におっぱいを吸われ続けながらぞくぞくと身を震わせ、ベリスはうっとりとつぶやいた。

それから、白濁の滴った手を口元に持ってゆくと、ずるずる音を立ててそれをすする。

「んふぅ……。んっ、んぐっ……。ぷはぁっ――。ああ……。私も、ミルク飲んじゃった……。ふふふっ……。きっと赤ちゃんも、パパのミルク飲みたいって……思ってる……」

大きくなったお腹を一瞥してから、俺にねだるような眼差しを送ってくる。

「そんなこと言って……、ベリスがこっちでミルクを飲みたいだけだろ？」

手を伸ばし、ベリスの秘所をまさぐってやる。

そこは準備万端とばかりに、ぐっしょり濡れそぼっていた。

「あんっ……。んん……。だって……。あんなにおっぱい吸われたら、欲しくなっちゃう……。何度だって……中出しされて、孕みたいって……思っちゃう……」

「おいおい。まだひとり目すら生まれてないのに、気が早いなぁ」

「あなただって、まだまだ孕ませたいって思ってるくせに……」

その通りだと返事をするみたいに、膨らんだままでビクビク打ち震えている俺の股間のものを見て、ベリスは笑った。

「お腹が大きくなっても、ベリスは色っぽくてきれいだ」

「ふふっ。嬉しい……。そんなふうに言ってくれるのは、組織にいたときから、あなただけだった」

「そうでもない。口に出して言わないだけで、俺たち下っ端戦闘員は、みんなベリスに憧れてたんだぜ？」

「そっ、そうだったのか？　てっきり怖がられてると思っていた……」

ベリスは心底意外そうな顔をして言った。

「そりゃあ確かに、訓練は死ぬほど厳しかったし、無茶な命令もあったけど——。でも、いつだって凛々しくて、エッチでかっこよくて……。なにより滅法強かった。それに、何度失敗したって絶対に諦めない。そんなベリスがリーダーだったから、俺たちは頑張れたし、どこまでもついていけたんだ」

「そうならそうと、言ってくれればよかったのに」

ベリスはちょっと不満そうにつぶやき、唇を尖らせてみせる。

「恐れ多くて言えるわけないだろ」

俺は苦笑して言葉を返した。

「でも、あなたはちゃんと、言ってくれた」

「我ながらよくやったと思ってるよ。シャグラットの幹部を相手にさ」

あの頃を懐かしく思い出しながら、しみじみと口にした。

「そうだ。あの服、まだ持ってるんだろ？　着て見せてくれよ」

「戦闘服のことか？　こんなにお腹が大きくなったんじゃ、きっと着られない……。だいいち、似合わないだろ」

「いや。むしろすごくエロいと思うぞ」

「またあなたは、そうやって……」

顔を赤くして口の中でつぶやきながら、身体をもじもじさせる。

「でも……、あなたがそう言うなら……、着てみるか……」

なにかを期待するように興奮した笑みを浮かべると、いそいそとベッドを離れ、服を取りに行った。

しばらくして、寝室に戻ってきたベリスは、あの頃の戦闘服を身に纏《まと》っていた。

大きくなったお腹や、張りの増した胸で引き伸ばされてはいるが、そこには俺たちの憧れだった、シャグラットの女幹部、ベリス様の姿があった。

「ど、どうだ……？」

俺はベッドの上で居住まいを正し、ベリスに身体ごと向き直った。

「ギーッ！　ベリス様！　お腹が大きくなってもなお麗しいです！」

「その敬礼も久し振りだな」

おかしそうに笑うベリスに、俺はギンギンに起き上がった股間のものを示す。

「早速訓練を始めて下さいっ！」

「しょうがないやつだ。私が存分にしごいてやるぞ！」

ベリスも昔のような口調で言って、ベッドに上がってきた。

「ああ、早く……。しごいて下さい、ベリス様っ！」

座ったままでベリスの身体を抱き寄せると、後ろから股間のそそり勃ちを挿入する。

「んっ――。ふぅ……。あっ、相変わらず……、いきなりなんだから……。――ああっ、はんっ……!?」

せっかく着た服をもうはだけながら、ベリスはぞくぞくっと身体を震わせて嬌声を上げた。

「あああっ、ベリス様っ！　オマンコ気持ちいいっ！　チンポをぎゅうぎゅう締め付けてきますっ！」

腰をぐいぐい浮かせて肉洞の奥を突き上げ、前に回した手で身体をまさぐる。

「ベリス様の戦闘服姿、凛々しくて素敵ですっ！　こんなにエロい格好を毎日拝めるなんて、ベリス様の部下になれて、本当に幸せですっ！」

「しっ、しようのないやつだっ。これしきのことで、おチンポをガチガチにするくらい興奮するなど――。……あああっ……くぅ……。ナカで……じたばたしおって……。くふぅっ……。たるんでおるぞっ！　んんっ……、はぁ……。こっ、これはっ、しごき甲斐があるなっ！」

「ああ、ベリス様っ！　どうかお手柔らかに！」

「では、いくぞっ！　覚悟しろ！」

久し振りの訓練の雰囲気にすっかりその気になったのか、ベリスは女の穴で俺のものをきつく締め付けながら、激しく腰を振り始めた。

「んっ……。おおっ。おチンポが……、ナカを……引っ掻く……。あああっ――！　けしからん……、おチンポだ……。ふぁぁっ、あんっ……!?　あぁんっ……！」

先程までの凛とした口調はどこへやら。すぐに喘ぎがこぼれる。

「すごいしごきですっ、ベリス様！　――あああっ。チンポが……、ごりごり擦れてるっ！」

悦びに股間が跳ね上がり、そそり立った肉の棒が愛液で満たされた膣内を掻き回した。

「あんっ——⁉　こっ、こら……、勝手に……動くなっ！　ふぁんっ……⁉　ああっ、くぅ……。本当に、堪え性のない——。あ……、あんっ！　んんっ……！」

悶えるベリスの胸から、母乳が噴き出て身体に滴った。

「あああっ、ベリス様！　母乳が垂れて、さらにエロさが増しましたっ！　俺、もう……我慢できませんっ——！」

ベリスの胸を搾り上げながら、ぐっと腰を突き出す。

「くふぅっ……⁉　いっ、いまは、私が……、特訓して……やっているのに……。——ああっ……、あんっ⁉　んくぅっ……、奥っ——！　おおっ、おチンポが、奥に……、食い込んで……。はあぁんっ……⁉　そこ……、気持ちいいっ！　はふぅっ……！」

ベリスは素早く腰を揺すって、自らの感じる場所に硬い棒の先を繰り返し擦り付けた。

「はぁ……。あぁん……。そこ……、いいぞっ……！　あああっ。おチンポ……、もっとそこにっ……！」

「特訓はいいんですか、ベリス様？」

「こっ、これも、特訓だっ……！　——はぁ……、はふぅっ……。はぁんっ！　あぁ……。おチンポが……悦んでる……。んんっ、あぁん……。ナカで……、膨らんで……。あああっ、オマンコ……ぐいぐい広げてるっ……！　はぁ～～んっ……！」

うっとりと気持ちよさそうな声を上げ、ベリスは腰の動きをますます加速させた。

濡れそぼった蜜壺がぐちょぐちょと卑猥な水音を立て、温かな滴が互いの股間に飛び散る。

「くぅっ、ベリス様っ……！　チンポが、オマンコで溺れそうですっ！　――おおおっ⁉　ぬるぬる擦れるっ……！」

ビンビンにいきり立った剛棒が、愛液で満ちた肉洞の中を転げ回り、膣壁のあちこちに膨れた幹を食い込ませる。

刺激にうねる肉ヒダが俺のものに絡み付き、お返しとばかりにカリや亀頭を舐め回した。

「はぁ……。あぁん……。おチンポがっ、震えてるっ！　あああ……。揺さぶられると……、気持ちいい……。んんっ、くぅ……。奥を……突かれるのも……。ああっ……あんっ――！　ずんずん響く……。はふぅっ……。きっ、気持ち……よくて……、はぁぁ……。幸せ……。――あああっ……。はあぁぁ～～んっ……！」

俺たちは互いの快感のスポットを強く擦り合わせながら、絶頂へと上りつめてゆく。

「あんっ⁉　ああ……、そこっ――！　いちばん奥を……、硬いおチンポで……。あああ、はんっ……⁉　子宮に……、響いてるっ！　赤ちゃんびっくりしちゃうぅっ……！」

言いながら、大きなお腹を抱えてさらに律動を大きくする。

ずっしりとした重さを股間で感じると同時に、そそり勃ちが深々と胎内に潜り込んでいった。

「あああっ、おチンポ……、奥までくるっ！　子宮を……、ツンツンしてるっ！　ふあああっ⁉　そこに、精液出してっ！　ほかほかミルクを、赤ちゃんに飲ませてあげてっ——！」

俺のものを根元まで収めたベリスの膣が、ぎゅうっとすぼまる。

「くうぅっ⁉　搾り出されるっ……！」

ざわざわ蠢《うごめ》く膣肉のあいだで、爆発寸前の肉棒がもがいた。

「だっ、出してっ……！　——いや、出せっ‼　訓練の仕上げに、気合いを入れて射精しろっ！」

ベリスが上官口調で命令し、膣口で俺自身を力いっぱいしごき上げたとき、肉筒の先から快感の証が放たれた。

「あぁ〜〜っ‼　精液きてるっ——！　熱いの……子宮にドクドクくるっ……！　んんっ、くぅっ……。すごい……、勢いだっ……！　——あああっ、いいぞっ！　もっと……、もっと出せっ……！　んん……ふぅっ……。ふあぁ〜〜っ……‼」

股間からサラサラとした液体を噴き上げ、胸から滴る母乳を撒き散らしながら、ベリスは総身を痙攣《けいれん》させて絶頂の衝撃と快感に悶えた。

「……はぁ……。はふぅっ……。貴様のおチンポ……、なかなか……よかったぞ……」

肩越しに俺を振り返り、汗ばんだ顔で微笑んでみせる。

「光栄です、ベリス様っ！　でも——、これだけでお終いじゃないですよね？」

「もっ、もちろんだ……！　徹底的に、しごいてやると言っただろ！」

ベリスは言って、俺のものを咥え込んだままの、秘孔の締め付けを強くする。

刺激を受けた肉の棒は、愛の液体に満たされた胎内で瞬く間に硬さを取り戻した。

「ふふっ。本当に、節操のないやつだ」

ベリスが嬉しそうに微笑み、俺も笑顔を返す。

俺たちはそのあとも、悪の組織のごっこ遊びに興じながら、ふたりの世界に浸った。


一方、外の世界では、シャグラットに代わってまた新たな悪の組織が台頭し、正義の戦士たちと戦いを繰り広げていた。

だが、それはもう、俺たちには関わりのないことだ。

今後も二度と、関わりを持つつもりはない。

でも、だからといって、悪の組織の一員となって世界の革命を声高に唱えていた過去の自分を否定はしないし、なんなら俺は、革命だってまだ諦めちゃいない。

革命はなにも、悪の組織の専売特許ではない。

悪の組織に属していなくたって、革命は成し遂げられるのだ。

体制の外側から革命するのではなく、体制の中に身を置きながら理想の実現を目指せと、どこかの偉い人も言っていたじゃないか。

それに、俺は俺自身の世界の革命を、既に成し遂げている。

相変わらず世の中は腐りきっているが、だからといって俺自身までぐちぐちと不平不満をぼやきながら腐ったように生きる必要はないのだ。

それに気付けたのも、シャグラットに加わって、ベリスと出会えたお陰だ。

愛を知ったことで、俺の世界は変わった。

そう。愛で世界は変わるのだ。

少なくとも、自分の世界は……。

愛に満ちた俺の世界で、俺はベリスを愛し、愛されながら、幸せに生きていく。

この先、永遠に――。

あとがき　藤枝卓也

「悪の組織の行き遅れ女幹部を孕ませオナホにする戦闘員性活」ノベライズ版、いかがでしたでしょうか。

ゲーム版の開発に関わっていない作品のノベライズは初めての経験なので、新鮮だったり、いつもとは違う種類の緊張を覚えていたりと、なにやら不思議な心持ちです。

私のエロゲライター歴は低価格ゲームのエロシーンのヘルプから始まったので、この価格帯のゲームに特有の、勢いに任せて突っ走るノリに懐かしく浸りながら書かせていただきました。

原作ゲームの疾走感を削がぬよう心掛けてノベライズしたつもりです。

気に入っていただけましたら、ぜひゲームをプレイしてみて下さい。

ここまで読んでいただき、ありがとうございました。

また別の作品でお目にかかれたら嬉しく思います。

ぷちぱら文庫

悪《あく》の組織《そしき》の行《い》き遅《おく》れ女幹部《おんなかんぶ》を孕《はら》ませオナホにする戦闘員性活《せんとういんせいかつ》

2022年 2月28日　初版第1刷 発行

■著　　者　　藤枝卓也
■イラスト　　T-28
■原　　作　　Miel

発行人：久保田裕
発行元：株式会社パラダイム
〒166-0004
東京都杉並区阿佐谷南1-36-4
三幸ビル4A
TEL 03-5306-6921
印刷所：中央精版印刷株式会社

PP0418

既刊案内
けもあね
〜ケモ耳お姉さんをお嫁さんにして異世界孕ませスローライフ〜
ぷちぱら文庫 370
著 遊真一希
画 ひなづか涼
原作 Norn
定価 810円+税
好評発売中！

既刊案内
俺だけ使い放題!!
エロメス冒険者たちの穴くらべ♥
異世界孕ませ
ハーレムパーティー
～最弱の解析スキルが異常発達してエッチな弱点を丸裸に！
最強の爆乳冒険者たちを肉便器化！～
好評発売中！
ぷちぱら文庫 384
著 遊真一希
画 石井彰
原作 Miel
定価 810円+税

既刊案内
わたくしは中出しで悦ぶような
ビッチでは……ありません
ぷちぱら文庫 397
著 あすなゆう
画 T-28
原作 Miel
定価 810円+税
破滅予定の悪神官、
悪役令嬢と女主人公を
肉便器にして全てを手に入れる
好評発売中！